靈通小農女

2

藍一舟 著

風文創 828

目錄

第二十九章

「你就收下吧，這小傢伙長得還不錯，正好給你店裡添點顏色。」

「好好好，妳都這樣說了，我還能說什麼？放心吧，我一定會好好照顧。」

柳好好笑了笑，伸出手戳了戳紫菱草，感覺到歡喜的情緒，也笑了。

紫菱草很乖，她很喜歡，不過這種觀賞性植物若是放在柳家村，也不過只是一株不起眼的草罷了，還不如拿到這裡送給趙掌櫃。

而且以她這段時間和趙掌櫃相交來看，他有商人的特性，但總體還是一個非常不錯的人，最起碼重情義，表明他可以好好照顧紫菱草。

再說了，放在這裡也可以打響名聲啊！

柳好好想了想。「我想要宣傳一下，若是有人問起的話，就說是我養出來的。」

「那我怎麼介紹？」

「如意園林。」

「不錯。妳也回去好好想想我的提議，這是個很難得的機會。」他說的是長春的苗圃。

「我知道的，我回去和我娘商量一下，過兩天我再過來看看。」

柳好好回去之後，就把這件事和柳李氏說了。柳李氏是個沒有什麼眼光的人，有些擔心，不過想到最近這段時間女兒的做法，便道：「我不懂這些，但是既然妳想要賣花草樹木，若是想快點的話，自然是現成的比較好。要知道等到妳品種齊全、數量龐大、可以買賣的時候，沒有三五年只怕很難。」

「娘，我也是這麼想的。如果我們慢慢來的話，肯定很慢，長春叔那邊的品種很齊全，而且數量也不少……」

「妳能接手下來嗎？」

柳好好也有些頭痛，一方面因為路途遠、照顧不便，另一方面也是因為移栽的話不切實際，量太大，其實不方便。

「我再想想辦法，畢竟這個機會真的很難得。」

這晚，柳好好躺在床上。這個時節該忙的都已經忙好了，天一黑就沒有聲音，以往會覺得愉悅舒暢，今晚卻是失眠了。

許久，外面傳來柳李氏的聲音。「好好，妳睡了嗎？」

「娘？」

柳李氏掀開門簾，端著油燈走進來，看著躺在床上的柳好好，不由得嘆口氣。「就知道妳沒睡著。」

柳好好有些不好意思，坐起來。「娘怎麼也沒有睡覺？」

「好好啊，其實我知道妳每次回來，身上的錢都會隱瞞一部分，交給我的只是一小部分，對不對？」

柳李氏開口說的話就讓她差點跳起來，總覺得自己這樣隱瞞娘親，好像是不信任她似的，有些尷尬也有些歉疚。

「娘，我……」

「我知道，妳是擔心我胡思亂想，也是害怕我架不住柳大郎他們軟磨硬泡，把錢給他們了。」柳李氏並沒有生氣。「妳這樣做是對的。雖然我不知道妳賺了多少錢，但是這段時間妳花出去的絕對比我手中的要多很多。」

「娘，我很抱歉，我就是想要做點事。」

「我知道好好是一個有抱負的人，有膽量有魄力也有遠見。」柳李氏笑了笑，伸出手摸摸她的腦袋。「我不知道妳想做什麼，但是娘覺得妳一定會成功的。別擔心，只要妳想做的，娘一定會支持。」說著又把身上所有的銀子都給拿出來。「這是娘存的，妳看……」

「娘，這些錢妳拿著。咱們家的開支以後都靠妳呢。」柳好好趕緊把錢推過去，認真地說道：「娘，真的，我不缺這麼點。」

柳李氏笑了笑。「傻孩子，這些錢都是妳給娘的，現在拿出來不是應該的嗎？」

「不，我做事不能把咱們的生活費都用掉。我就是想讓一家人過上好日子的，若是把這些錢都用了，那豈不是違反了初衷，那我寧願不做了。」

柳李氏沒想到女兒這麼堅決，看著女兒稚嫩的臉，那雙眼睛裡卻是堅定的信念。

她伸出手摸摸女兒的臉，輕聲道：「好。既然妳都已經想好了，還怕什麼呢？」對啊，還怕什麼呢，就算失敗了也不過是從頭再來，自己這點本事若是不利用起來，豈不是對不起自己？

「謝謝娘。」

被柳李氏這麼一開導，柳好好整個人輕鬆下來，很快就睡著了。

她說做就做，便找到趙掌櫃，一口氣把長春的苗圃買了下來，倒是讓趙掌櫃吃了一驚。

之後，她照例到自家地基上轉了一圈，發現大家做得還不錯，心滿意足。

中午，大家正高高興興地吃著飯，哪知道就聽到有人喊：「好好，不好了！柳得金出事了！柳得金一直在咱們家這邊忙碌著呢，幾塊青磚落下來直接砸到他的腿上，那血流得……現在送回家躺著呢！」

柳王氏那破鑼一樣的嗓子正哭嚎著，柳好好厭惡地皺皺眉，看到有人在那邊圍著，便轉頭對柳李氏說道：「娘，我現在就去找郎中，不管怎麼樣，先看看吧。」

「可是他們家不讓看啊！」

「不讓看？」

那還真是奇怪，傷了不給看，還在這裡哭，到時候要是落下病根來，豈不是一輩子倒楣？

「大伯母，妳在這裡哭也沒有用，現在最要緊的是把得金哥的腿傷看好，妳這樣阻攔著難不成心裡有鬼？」

「妳說什麼！得金多好的孩子啊，不計較你們還天天幫妳幹活，妳看看妳什麼人，一分工錢不給不說，連飯都不給吃飽，害得他受了傷，妳竟然還敢這樣胡說！」柳王氏叫嚷著。

「得金要是出了什麼事，我也讓你們過不下去！」

「那行啊，先讓我們看看得金的傷再說吧。郎中我都請來了，別耽誤時間了。」柳好好真的是厭煩這些人，冷冷看著柳王氏，心裡甚至都有些暴躁。

「就是啊，大郎家的妳到底是在擔心兒子的腿呢，還是來找碴啊？現在是什麼樣的傷都還沒有看呢……」

越來越多的人幫腔，在壓力之下，柳王氏就算不想答應也沒有辦法。

「我告訴你們，得金的腿要是治不好，你們必須養他！」

柳李氏張嘴想要說什麼，但是看著柳王氏，最終還是什麼話都沒有說，而是擔心地看著好好。

柳好好也不怕，笑了笑，湊上去在老郎中的耳邊說了幾句話。對方點點頭，兩個人相視一笑，怎麼看怎麼都覺得有些狡猾的意思。

幾個人又來到柳大郎家，就見到柳大郎坐在大堂上。見到來人，他目光在柳李氏身上走了一圈，然後不著痕跡地落在柳好好身上，才問道：「你們來幹什麼？」

「行了，我不想和你們廢話，老大夫，你進去看看得金哥吧。」

一進門就見柳得金躺在床上，一條腿蓋著布，上面還有斑斑點點的血跡，看上去真有些恐怖。

「孃子，好好，怎麼來了？」柳得金白著一張臉，露出一抹苦澀的笑。「我沒什麼事，休息幾天就好了。」

「怎麼沒事，你看看你的腿，都變成這樣了，還說沒事！」柳王氏可不樂意了。「難不成你想變成你爹那樣，一輩子當個瘸子被人笑話！」

「說什麼呢！」

瘸子是柳大郎一輩子的心病，現在被人說出來，就覺得是故意針對自己似的，也不高興了。他側眼看著李美麗，發現對方十分專注地看著自己兒子，眼神變了變。

「大夫，如何？」

柳好好站在一邊認真問，看到老大夫遞給自己的眼神後便了然，故作擔憂地道：「很嚴重嗎？」

村子裡唯一的老郎中便是這位，見對方一臉沈思還搖搖頭，柳王氏就算再潑辣、胡攪蠻纏，也不由擔心起來了。

「疼嗎？」老大夫捏了捏。

柳得金想了想，突然大叫起來。「疼！」

「欸，胡大夫你慢點慢點。」柳王氏心疼自己的兒子，見柳得金說疼，不由得內心也咯噔一下。

「老夫先把這些給解下來看一看。」

「這就不用了吧……我剛才覺得特別疼，說不定骨頭有事呢，我這好不容易才裹好的，再拿下來豈不是對傷口不利？」

「怎麼，難不成你是不相信我？」

胡大夫氣得鬍子都快要翹起來了，盯著柳得金哼了哼。「算了，不看就不看，反正你這腿若是不好好治療的話，看來的確是要切掉了……」

柳得金嚇了一跳，只得拚命給自家娘親眨眼睛，示意她去問清楚。

好在這不需要暗示，柳王氏就已經撲過來了。「我兒子的腿怎麼了？不可能的，他看上去沒有那麼嚴重！」

胡大夫點點頭。「是不嚴重啊，可是你們為什麼不及時找我呢，現在難了……」

是啊，都這麼嚴重了為什麼不找大夫，而是耽誤了才來哭嚎？

「那把上面的布先解開吧，我看看有沒有什麼辦法能恢復。你們也知道傷筋動骨一百天，這若是弄不好，只怕一百天都不止呢。」

「趕緊的，趕緊的，給大夫看看！」

「胡大夫給我哥好好看看吧，哪怕真的要把腿給鋸掉，我也給錢。」柳好好站在一旁涼涼地說道。

柳李氏有些緊張，小聲問道：「真的這麼嚴重？」

「沒事，若是哥以後真的成了廢人，那我就養著唄，一口飯而已。」

她這句話說出來之後，整個房間的人都愣住了，特別是柳王氏看著柳好好眼中的薄涼和冷意，莫名打了個寒顫，連躺在床上的柳得金都渾身不自在起來。

他下意識地抬頭，就看見柳好好的眼神似笑非笑，頓時覺得不好，想要阻止已經來不及了——只見他的腿上有一道血痕，約莫手指長，如今已經結痂。比較嚇人的倒是幾大塊瘀青。

胡大夫捏了捏，搖搖頭。

「怎麼樣？怎麼樣？」

「骨頭受損了。你們不知道，胡亂地包紮起來，現在骨頭已經開始長了，有些難。」

「不是吧，得金明明不疼啊！」

要是骨頭有事的話，那種疼痛是非常劇烈的，可是柳得金並不疼啊？

「妳是大夫嗎？」說著就開始拿工具出來，看得人觸目驚心。

「那……怎麼辦？」

「最好的方法就是直接再斷一次，然後重新接上。」

「什……什麼……不可能！」柳王氏大叫起來，衝到胡大夫面前，看著對方拿起小錘子對著兒子的小腿就要敲下去，嚇得尖叫起來。「不行！」

「住手！」柳大郎也站出來，惡狠狠地說道：「你們是故意的對不對，想要弄斷我兒子的腿，告訴你們，休想！」

「我們已經說了會好好治療，就算得金真的廢掉了，我們也願意養他，結果你們這是什麼意思，我們什麼時候推卸責任了？」柳李氏厭惡地看著這對夫妻，指著柳得金問道：「治還是不治，自己選！」

治，就要敲斷腿；不治，柳好好他們不會負責。這樣的難題讓大郎他們有些難以抉擇。

柳王氏眼珠子一轉，立刻坐在地上又是哭又是喊的。「我不活了！得金是我的心頭肉啊，現在變成這樣怎麼辦啊……不活了、不活了！孩子他爹，我怎麼這麼命苦啊，孩子這要是腿斷了……老天啊，怎麼就這麼不開眼呢……」

柳好好冷著臉看她在這裡哭，又看著柳得金眼神閃爍的模樣，怎麼可能不知道他們是在作戲。

可現在想要躲，遲了。

她二話不說，直接從胡大夫的手中拿過錘子，狠狠對著柳得金的腿就砸下去。

「不要！」

「好好！」

「啊！」

幾個聲音不約而同響起來，柳得金完全沒有想到她竟然這麼狠，在錘子下來的瞬間，直接從床上跳下來跑到柳王氏的後面，盯著柳好好砸出來的那個坑。

是的，柳好好幾乎用盡全身的力氣砸下去，若是柳得金沒有躲開，只怕那條腿真的會廢掉，畢竟床都被砸了一個窟窿。

所有人都呆住了，包括胡大夫。

「胡鬧！」最終，胡大夫把小錘子拿回來，只道：「得金沒有什麼事，只是一點點皮外傷。若是及早拿點活血化瘀的膏藥，腿也不會這麼嚇人，現在就只要弄點膏藥，不讓腿留下疤痕就好了。」說著拿出一個小盒子。「五十文。」

「我……我們……」

柳王氏想要說我們沒錢，但是看到床上那個窟窿，莫名氣短，說不出來。

柳好好也不介意，從懷裡掏出五十文錢遞過去。「我說過了，醫藥費我出。」

等到胡大夫走了之後，她冷笑著看著大伯一家人，雙手抱胸。「怎麼，戲演完了？」

一家人看著明明只有十來歲的小姑娘，個子還那麼小，人又瘦，但是不知道為什麼，當她站在這裡，竟然把他們壓得都不敢說話。

「好好……」柳得金嘿嘿笑了起來。「只是個小玩笑，小玩笑而已，我是真的受傷了，當時看上去真的很嚴重，妳看都幾天了，還這麼腫呢！」

柳好好冷冷一笑。「都說了兔子急了還咬人呢，你們覺得憑我現在的財力，想要整死你們可不可以呢？」

「妳敢！」

「我敢。」她視線落在床上那被砸出來的窟窿，笑得諷刺。「我這個人脾氣不好，畢竟是從鬼門關走一圈的人，沒什麼好怕的。但是大伯、大伯母，你們就不一樣了，兩個兒子一文一武呢，將來還是要享福的。」

柳大郎驚恐地看著柳好好。他怎麼也沒有想到一個才十歲的孩子竟能說出這樣的話來，渾身一寒，嗓子像是被誰給掐住了，無法說話。

柳王氏本來還想說什麼，但是看著柳大郎沈默著，也不敢出聲。

柳好好懶得搭理他們，拉著柳李氏就走了。

真的以為自己會這麼輕鬆地放過他？

第三十章

第二天，不知道為什麼，柳得金的腿已經廢了的消息就這麼迅速傳開，甚至傳到最後，他已變成不能人道，只是個廢人，而根本原因就是柳大郎夫妻為了訛詐好好的錢，故意拖延救治時間，才變得這麼嚴重。

一時間，消息傳得越來越離譜，柳好好倒是很冷靜。她倒要看看，柳得金怎麼說親！

不以為然的她最近一心撲在房子的建造上，天氣陡然變冷的時候，終於開始上梁了。挑好的良辰吉日雖然有些冷，太陽卻是明媚，不一會兒的功夫就驅散了早晨的冷意，金燦燦的陽光鋪灑下來，讓周圍一切都染上了讓人心醉的顏色。

真美。

柳好好看了一眼，心中都是喜悅。終於有自己的房子了，想著剛穿過來的時候，那破舊的地方，只覺欣慰。

傍晚，夜幕漸漸降臨，有點冷，但是興奮讓她根本睡不著。她披了一件外衣坐在自家的門檻上，看著隔壁已經成型的大房子，心裡的愉悅怎麼壓都壓不住。

這種透過自己慢慢改變的生活，真的有種說不上來的滿足。

「姐。」

「文遠，你怎麼回來了？」

柳好好詫異看著弟弟走過來，趕緊站起來迅速跑到屋裡找外衣。「穿上，別凍著。」

「不冷。」

「瞎說，都已經寒露過後了，怎麼可能不冷？」柳好好不由分說把衣服給他披上，寶藍色雲錦做的，輕柔又保暖。

姐弟倆坐在門檻上，看著那邊的房子。

「姐，真不敢想像，我們現在竟然可以住新房子。」柳文遠就算再怎麼想要變成熟，也無法掩蓋自己只是個孩子的事實，看著家裡面翻天覆地的變化，也有些激動。「姐，妳真厲害！」

「是吧，早說了你姐姐我可厲害了。記著啊，只要你聽話，好好讀書，姐姐保證你吃香的喝辣的。」

柳文遠靠在她的身邊，揚起幸福的笑容。「姐姐最好了。」

「就你會說話。」雖然嫌棄，但是聽到乖巧又軟萌的弟弟說出這樣貼心的話來，柳好好自然是開心的。

兩個人坐在外面，最後才依依不捨地回房休息。

美美地睡上一覺，第二天，柳好好就把柳文遠打包送回縣城。

過了幾天，她帶著柳李氏來到鳳城縣，看好了家具便直接接來到趙掌櫃的店鋪裡。她之前請趙掌櫃幫忙，盤下了長春叔的苗圃，趙掌櫃也提了想把鋪子託給她的意思，所以也想過來看看，可剛進門就聽到幾聲咳嗽，便問道：「趙叔，怎麼了？」

「沒什麼，前些日子吹了風，有點受寒，所以咳嗽了。」趙掌櫃笑了笑。「不礙事，這是……」

「這是我娘。」

「柳夫人好。」

柳李氏微微一笑，微白的臉上浮現了紅暈。「不用這麼客氣，您這樣反倒是讓我不好意思了。」

「柳夫人客氣。」趙掌櫃又咳了幾聲。「今天怎麼來了？」

「我帶我娘來縣城轉轉，來看看趙叔，畢竟這段時間您幫我很多。」

「對，好——文近說了，多虧了您幫忙，咱們家才會越來越好。」柳李氏面帶淺笑。

「所以，我想既然來了，說什麼也要來感謝一下。」說著從隨身拎著的小包袱裡拿出兩包東西來。「這是咱們自家產的東西，還請趙掌櫃別嫌棄。」

「夫人，您實在是太客氣了。」

趙掌櫃倒是沒想到對方竟然會這樣客氣，趕緊推辭。

「趙叔，這是我娘的一番心意，您也別拒絕。而且都是山裡的東西，不值錢。」

既然對方這麼說了，趙掌櫃也不好再推辭，收下之後便帶著他們在花店裡面轉了轉。

「天氣冷了，除了菊花也沒有什麼好賣的，品種也少，來的人更少了。沒辦法，所以我準備下個月便回家了。」

柳好好沒有接話，看著店鋪裡不多的品種，也明白趙掌櫃的選擇了。

「好好啊，這裡以後就要靠妳多照顧照顧了。」

「互惠互利啊，趙叔，我也想要您幫我擴大生意呢。」

兩個人談著，柳李氏坐在一邊看著他們微笑，並沒有因為這樣感到被冷落，眉眼之中都是溫柔和慈愛。女兒真的很厲害。

趙掌櫃無意間抬頭瞥了一眼，看到嫻靜的柳李氏，登時覺得心頭一悸。

「趙叔，我想買幾個人，您知道我剛剛盤了長春叔的苗圃，正是用人的時候。」

趙掌櫃明白過來，長春苗圃那邊都是當地人，好好年紀小又是外鄉人，免不了會被人欺負，放幾個自己人也安心一點。

「成。走，我帶妳去看看。」

幾個人便暫時改變了行程，來到牙行。

「客人真是好眼光，咱們牙行的可是最好的！你們想要能幹農活的，看看這些怎麼樣？」說著大約二十個人就被帶上來了，柳好好和柳李氏看著這些穿著破爛，明明很緊張卻強自鎮定的人，心中也有些沈重。這個時代就是這樣，最不值錢的就是人力。

「您看看，都是年輕力壯的。」

柳好好看了看，每個人身體都還不錯，都是二十來歲，想了想。「我還想買兩個小丫頭。」畢竟家裡除了文遠，另外兩個都是女人。「我想要幾個年輕點的、十幾歲這樣的。」

「行。」

挑選了一批又一批，終於選了兩個十一、二歲的小丫頭，兩個少年和四個年輕力壯的，一共十二兩銀子。

柳好好看著人把賣身契裝好了。「你們跟我走吧。」

八個人跟在柳好好後面，看著兩人穿得也不是很好，心中想是不是幫某個老爺家買的，沒想到的是，面前的兩人竟然就是自己的主子！

「這是我娘，妳們兩個丫頭就跟著我娘回去。對了，妳們有名字嗎？」

「我叫二丫。」

「我叫春娘。」

兩個小丫頭雖然乾瘦枯黃，眼睛卻是十分靈動。

「妳們兩個機靈點，無論在什麼情況下，只要保護好我娘就行了。」

「文近，這……」柳李氏很彆扭，樸素了大半輩子的人，現在竟然買了人，還要人服侍，總覺得怪怪的。

「娘，我錢都花了。」

「那……好吧。」她被女兒的眼神弄得無可奈何。「我們去找文遠吧。」

母女又去了書院。柳文遠在這段時間明顯長個子了，當初做衣服的時候，柳好好特地讓人把衣服做長一點，現在剛剛好。

「娘，姐——哥哥，這些人怎麼回事？」

「小少爺。」幾個人不約而同地恭敬稱呼，把柳文遠嚇了一跳，有些彆扭。「怎麼回事啊？」

「我看到書院的人都有書童，就你沒有，所以給你買了一個。」柳好好指著個子矮一點的小少年。「文遠覺得怎麼樣？」

柳文遠臉色脹得通紅。「可是，我們家不需要啊……」

「胡鬧，怎麼不需要？我賺錢為的就是讓你和娘過上好日子，現在手上還有點，別擔心。」

柳文遠知道姐姐最近這段時間花錢簡直如流水一樣，默默地在心底發誓，一定要讓姐姐過上好日子，不要這麼勞累。

「文遠啊，聽你哥的吧，你看娘身邊也有兩個呢。」柳李氏其實有些哭笑不得，真的不知道好好為什麼要買這幾個人。按照她原本的意思，只要買四個幹活的就好了。

「娘……」

「好，我不說了。」柳李氏站在一邊，看著兒子五官都快要糾結在一起了，不由得笑了起來。

「你叫什麼名字？」

那個被點名的少年有些局促地回答。「我……我叫……大娃。」

「文遠，既然他以後就跟在你身邊，你看要不要給他一個名字？」

柳文遠看著那個少年，見他規規矩矩站在那裡，雖然有些拘謹，卻沒有多少懼意。「叫明德吧。」

明德？「好名字。那順便把這個也取了吧。」

果然還是文遠取名字好聽，要是她估計乾脆取名叫柳大了。

「要不叫定安吧。」

「不錯。」柳好好十分滿意。「讀了點書，名字起得都這麼有水準，很好啊！」

「還好吧。」柳文遠被這麼一誇，臉都有些紅了。「我們現在是回家去嗎？」

「你和娘先回去，把家裡稍微收拾一下，等到家具到家了，我們找個好日子就可以搬進新房子了。我先去紅山村看看狀況，明年準備把樹苗給移過來，到時候就不用跑這麼遠了。」

柳文遠其實還是想要去的，但是看著柳好好身後的幾個人，想了想點點頭，板著臉看著他們。「你們無論如何也要保護好我哥，不許他被任何人欺負，知道嗎？」

「明白，小少爺。」

柳文遠點頭。別看他年紀小，倒是有了幾分氣度，進書院真的是個不錯的選擇，最起碼比在柳家村要好得多。

柳好好笑了笑。「那我們就先走了，你可要好好照顧娘。還有，要小心大伯一家。至於定安，你跟著我。」

「是，大少爺。」定安是一個眉清目秀的少年，個子有些瘦，但是看上去挺機靈的，而且聽牙人說了，這小子似乎還認識幾個字。

柳好好帶著幾個人到了紅山村，仔仔細細轉了一圈，發現這裡的人雖然不熱絡，但也沒有什麼大問題，於是把幾個壯漢留下來便回去了。

柳李氏見到女兒回來，迎上去。「好好回來了，快，進屋子換衣服吧，老是穿著男裝也不方便吧？」

柳好好笑著回話，不著痕跡地打量了一眼定安，見他依然規規矩矩地站著，表情沒有變化，更沒有吃驚，心中還算是滿意。

她是女兒身，整個村子都知道，所以她不可能瞞得住身邊的人。既然跟在她身邊就要學會隱瞞，藏得住秘密。現在看定安的表現，還算不錯。

「你也看見了，我們是姐弟不是兄弟。在外，我叫柳文近，其他的不用我說，你也應該明白是什麼意思。」

「是。」

柳好好把事情一件件地吩咐下去之後，便和柳文遠出門去拜訪村長了。

之前自己做出來的麥芽糖也該安排了，若是僅僅賣糖的話不大方便，還要做點其他的小吃之類的，到時候村裡面只要有想法的人便可以從她這裡進貨，然後以貨郎的方式賣出去，賺得不多，但絕對比從地裡面賺的要多。

「妳說的是真的？」

「當然。」柳好好笑了笑，從懷裡掏出幾塊糖。「村長爺爺，這是我用麥芽糖加上其他的一些東西做出來的切片糖，嘗嘗。」

村長詫異地看著切成一塊一塊的東西，散發出濃烈甜膩的糖味，還有幾塊黃色的，看上去有點像是玉米，對了還有芝麻和花生的……

「您嘗嘗，奶奶也嘗嘗，這有點硬，但是絕對好吃。」柳好好說著把切糖遞過去。兩人忍不住吃了一口，炒花生的香味加上麥芽糖的甜味，又酥又脆，十分好吃。

「可……這很貴吧？」

「嗯，材料的確貴了點，但村長爺爺，很多人就算家裡再窮也想讓家人吃點好吃的，特別是家裡有孩子有老人的，怎麼也會想買一、兩塊糖回去是不是？但是飴糖一塊就那麼點大，還要二、三十文一斤，咱們論個兒賣，像白米的，咱們一塊可以一文錢，花生和芝麻的，咱們一塊兩文錢。一斤白米的二十五文，一斤花生芝麻的三十文……」柳好好笑著說道：「我算了一下，一斤白米可以做出大概五十塊糖，花生和芝麻要少點，大概三十塊。買一、兩塊糖，就算是普通人家也還是捨得的。」

一邊沈默不出聲的柳文遠突然開口道：「為什麼我們不自己賣？」

第三十一章

柳好好笑了笑。「不想賣。」

村長別有深意地看著她。其實柳好好說不想賣肯定是說謊，他就算不做生意也知道裡面的利潤有多大……這孩子是想要全村人富起來呢！

「妳啊……」

她是真的不想賣，因為她最想的就是把自己的苗圃給弄出來啊，自己最喜歡的還是花草樹木，以後還要靠這些發家致富，怎麼能夠被這些糖衣炮彈給腐蝕了！

而且這種小零食一樣的東西，雖然有利潤，但是太麻煩太累人，收入太慢，一個人根本賺不了多少；但是全村人就不一樣了，她批發啊，到時候薄利多銷，反而比村裡的人賺得多。

柳好好覺得自己的小算盤打得可精明了，少了勞累還賺到自己的資金，嘿嘿，想想就覺得很美妙。

「好，妳真是個好孩子！我這就去通知。」

村長的行動很快，讓自家大兒子到村頭的那棵大樹下撞鐘，而自己帶著家裡其他人把剩下的幾塊糖給帶過去。

「村長啊，您這是幹什麼呢，是不是發生什麼大事了？」一般沒有大事，村長是不會敲起這個鐘的。

「好事。」村長樂呵呵地說道：「咱們這個村啊，總算是有希望了！」說著把手裡的糖給舉起來。「這米糖你們想吃嗎？」

米糖，肯定是白米做出來的，站在前面的聞著味道，好香啊！

「這麼大一塊只要一文錢，你們願意買嗎？」村長又問道。

「爹，我想吃。」

「娘，好香啊！」

孩童的聲音響起來，站在那裡的大人們糾結了一下之後便道：「一文錢啊？買！」

就算再窮，一文錢還是買得起的，比起飴糖可是便宜不少，而且這麼大的一塊還能吃一段時間。

於是，柳好好就見村長拿著自己的幾塊糖，瞬間就賣出去幾文錢，瞬間覺得這個老人才是最精明的。

村長嘿嘿笑著，手中抓著剛才村民們買糖的幾文錢。「味道怎麼樣？」

「很好吃！」孩子們總是說實話。

大人見他們吃得開心也笑了起來，一文錢能讓孩子開心也值了。

「大家看到了，就算咱們窮，但是也捨得拿出這一文、兩文錢給孩子買塊糖吃。你們覺

村長您說的什麼意思？是您要賣嗎？在哪裡賣？」

底下竊竊私語，然後大膽的人就問出來了。「村長您說的什麼意思？是您要賣嗎？在哪裡賣？」

村長很滿意大家的反應。「不，不是我要賣，而是你們。」

「我們？」

「是的，好好做出來的這種糖能夠保存也很好吃，願意以低價賣給你們，而你們就用一文兩文的價格賣出去……」村長把之前柳好好算的帳給說出來，然後笑了起來。「怎麼樣，你們要不要試試？」

「可是村長，咱們村的人都賣的話，誰買啊？」

村長看著他們，每一個人的臉上都是希望，但更多的卻是迷茫和猶豫。

「為什麼你們總是盯著自己村子？我們柳家村旁邊有七、八個村，翻過前面的那座山就有幾個鎮，再過去還有更多的村莊，往這邊走便是鳳城縣，鳳城縣的周圍有好幾個鎮，下面還有村莊……這麼大的地界，為什麼還不夠你們賣？」

「村……村長……」所有人震驚地看著村長，不敢置信。「您是讓我們走出村子？」

「為什麼不呢？」村長一臉嚴肅。「一直以來，我們都守著自己的一畝三分地，可曾想過這雙腳是可以走千萬里路的！」

所有人安靜下來，看著站在樹底下的老人，此時微微有些佝僂的老人竟然像是巨大石雕一般，撐起了他們內心的渴望。

「聽著，你們難道還想自己的孩子守著這幾畝地，吃不飽穿不暖嗎？不，我不想這樣，我希望在有生之年能夠看到柳家村的每一個人臉上都是帶著笑的！」

這句話就像是一個錘子，狠狠地砸在眾人的心裡。

「姐，他們會來嗎？」

「如果是你，你會來嗎？」

「會！」柳文遠認真地道。

「為什麼？」

「因為我想出人頭地，不想過這樣朝不保夕的日子。若是以前沒有機會，那就算了，但是現在機會就放在面前，若是我不抓住的話，那活該自己一輩子窮。」

柳好好沒有想到這小傢伙竟然能想得這麼遠。「那你要是失敗了呢？」

「失敗？」柳文遠頓了一下，轉而笑了起來。「姐，沒有人的一輩子是順風順水的，只要我不死，那就有東山再起的機會，怕什麼呢？」

對啊，怕什麼呢？一個連小傢伙都知道的道理，沒道理那些大人不知道。

所以，柳好好連夜做好了上百斤的糖塊，其中米糖有五十斤，花生和芝麻的各有三十斤。她無法確定第一次有多少人會來拿貨，所以還是保守點最好。

第一個上門的竟然是村長家的三兒子，柳三軍。

柳三軍是村長家唯一一個還沒有成親的兒子，么兒在家都是受寵的，父母親疼著、大哥二哥護著，可以說是整個村子裡面過得最自在的。

看著柳好好疑惑的目光，他有些不好意思地撓撓頭。「我……其實我就是試試，妳也知道我在家也不知道幹什麼，但是這麼大了，總不能一天到晚吃家裡的，我……我也想給家裡做點什麼。」

柳好好點點頭，沒有說什麼，看著柳三軍拿了二百文的錢。「我想拿四斤的米糖，剩下的就買花生糖和芝麻糖。」

「行。」柳好好點點頭，然後讓定安在一邊秤糖，柳文遠負責記錄，明德則是在一邊打包。

柳三軍拿著屬於自己的貨物，迫不及待吃了一塊芝麻糖，頓時笑得眼睛都看不見了。「之前見到他們吃都說好吃，我可饞了，嘿嘿，現在終於吃到了。」

柳好好被他逗笑了，擺擺手，示意他趕緊走。

緊接著柳大力來了，然後村長家的兩個兒子，還有大個子李戶……

很快，家裡的東西就全部包出去了，後來的人見到沒有了，一邊可惜一邊又覺得慶幸。畢竟對於能不能賺錢，他們還是懷疑，既然沒有買到，那就不怪他們。

這一次拿貨的出門賣糖，就是為柳家村的未來鋪路，沒有人知道會是什麼結果，所有人都期待又忐忑，緊張的氣氛很快瀰漫了整個村子裡。這兩天，大家都被這樣的氣氛給感染了，連說話都不敢大聲。

柳李氏也非常緊張，每天早上都會站在門口看一眼，做事的時候也總是分心，柳好好有些哭笑不得。

好在家裡的幾個人還算是懂事，並沒有被影響。

特別是柳文遠，鎮定自如，每天早起在院子裡鍛鍊，再讀兩個時辰，下午練字，簡直不要太愜意。

可三天過去了，很多人漸漸失望了。因為他們知道時間越長，就代表越不好賣。

這天，正在和人鬥嘴的小劉氏突然聽到二虎的聲音。「娘，爹和大哥都回來了！」

她抱著盆跟著二虎往家裡跑，只見柳大力滿臉笑意，看到她的時候更是激動。

「這是都賣完了？」看著兩個人挑著空空的貨擔，小劉氏簡直不敢相信。

「賣完了！」柳大力笑了起來。「一開始我們也以為不好賣，我就讓大虎去平時的酒樓轉轉，那裡掌櫃的也認識他，便好心給他在裡面叫賣，沒想到竟然受歡迎呢！大虎一上午的功夫便去了一半，剩下的一半就被掌櫃的給買走了。不過我們沒有賣多便宜，好好說了，這價錢必須統一，而且只給村裡人賣，所以我沒有答應掌櫃的進貨要求。」

「那你的呢？」

「我？」柳大力笑了。「我就是沿街叫賣，反正我皮糙肉厚的不怕丟人，慢了點，但是人也不少。最近縣城搭了一個戲臺子，我就往那邊人多的地方趕，這不也賣完了？」

「那怎麼回來這麼遲？」

柳大力笑了起來。「本來是能早點回來的，但是我想著妳平時在家操勞，就給妳買點東西，這麼一耽誤就晚了兩天。」

「你……你還真的……」小劉氏都不知道怎麼說才好，只是激動過後又不免責怪。「你幹麼呢，掙點錢容易嗎？怎麼這麼浪費！大虎和二虎眼看著就要長大了，到時候還要娶媳婦，咱們家還要蓋房子，這太浪費了，還回去！」

「娘，妳就別為難爹了，他去挑這個鐲子可是糾結了好久，這要是退回去的話肯定要損失的。」

他們這次的確賺了不少，不過幾乎都用來買手鐲了，也難怪小劉氏這麼心疼。不過好在他們只要能一直賣下去，這點錢根本就不算什麼。

柳大力父子倆回來了，緊接著是李戶，然後是村長家的三個兒子……陸陸續續都回來了。有的人臉上帶著笑，而有的人則是一臉沮喪，顯然並不都是一帆風順的。

再一次，村長把這些人集合起來，詢問他們是怎麼賣的，然後慢慢道：「大家也看見了，這糖還是能賣掉的，賣不掉一是因為你們膽子小，二是不肯放開膽子，要是能想到好點子的話就用出來。」

整個村子都在為切糖擔憂的時候，柳好好倒是不擔心，帶著家裡幾個傭人把新房子收拾好了，又做出來好幾百斤的切糖，之後就準備搬家了。

「好好、好好！」

這不，剛準備把零散的東西搬過去，就見到柳三軍像是一陣風似地跑過來，大喊道：「好好，我這裡有一兩銀子，全部買切糖！這次花生糖和芝麻糖要多點，妳是不知道，那些人就喜歡吃芝麻糖，說好吃！」

柳好好見狀笑了笑，讓柳文遠把他的錢算了算，盡可能給他最多的貨。

緊接著，來的人越來越多，都是來訂貨的。不過柳好好也發現，這次的人多了不少，但是上一次的人也有幾個沒來。

「好好啊，什麼時候搬家啊？」

柳大力也過來了。他想掙錢，但是也不著急，自己的山貨現在已經穩定下來了，不僅給醉春樓還給其他的幾家酒樓，所以只要不是太差的都能賣掉。再加上這次的切糖，讓他對以後更有信心了。

「娘找了日子，五天後就搬。」

「啊，那妳得通知一下，要是大家都出門了，怎麼熱鬧起來？」柳大力笑了笑。「不管怎麼說，我和妳嬸子可是要去熱鬧熱鬧的。」

「必須的啊，到時候肯定要請大家一起熱鬧熱鬧！」柳好好笑著道：「我算過時間，大家差不多都能回來，到時候請大家好好地吃一頓。」

「那就這麼說好了啊，咱們可就厚著臉皮過來了。」

「對，咱們到時候就來湊個熱鬧，可別嫌棄我們吵啊！」

「說什麼呢，各位叔叔伯伯這是給好好面子，也讓咱們家熱鬧起來。」柳好好爽朗地說著，雖然還是小姑娘，卻讓所有人都不敢小瞧。這個孩子是個有本事的，他們可都指望著呢。

大家有說有笑地走了，柳好好拿起帳本算了算，心情更加美好了。果然啊，還是這種走批發的好。

「姐……」柳文遠看著她，欲言又止。

「怎麼了？」

「我也想要賣點。」

他這話一出來，柳好好也吃驚了。「你也要賣？你可知道讀書人最是清高了，你若這樣的話，到時候讓夫子不高興了，可就得不償失了。」

「不會的，夫子很好。」柳文遠皺皺眉。

「那也不行，你是個讀書人，若是沾上這些東西，到時候名聲不好聽。士農工商，你可以種地但是絕不可以經商，除非你以後不想走仕途這條路了。」

柳好好說得嚴肅，哪怕這個朝代對階級管得不是很嚴格，但是作為柳文遠的姐姐，就是什麼都要想好。她經商已經是扯後腿了，好在自己經營的是花木，文人雅士最愛的東西，倒也不算太過。

「可是……」

「別想可是，沒有什麼可是。」她十分嚴肅，看著文遠眼中的不滿意，伸出手狠狠地摸了摸他的頭。「明天回書院的時候，讓你帶一點給夫子和同學們嘗嘗，其他的就別想了。文遠，我知道你聰明，但是一個人的心若是太貪，就不好了。」

「我明白了。」柳文遠點點頭。既然姐姐已經說到這個分上，還有什麼好堅持的？他唯有好好讀書才能報答姐姐。

第三十二章

第二批出去的人很快就回來了。大家在總結了經驗之後賣得更快了，柳好好也和村長商量了一下規矩，畢竟生意一旦做起來了，人心就會變化的。

規則一是規定這東西不賣給外面的人，哪怕是柳家村沾親帶故的也不行。二是把價格統一，能拿出點折扣招攬客人，但是絕對不允許壓價，避免同村的人因為價錢互相傷害。三是幾個人結伴固定一個路線，這樣避免交叉買賣，互相影響。

時間過得飛快，在村裡人面帶著笑容陸陸續續回到村子的時候，柳好好搬家的日子也到了，連柳文遠這天也趕回家了。

「村長，您這麼早？」

柳大力是看著這邊忙起來了，才帶著東西上門，卻見村長已經來了。

「大力叔。」柳好好趕過去。「您來了。」

她對柳大力還是十分感激的，畢竟平時自己不在家也是他們一家人照顧著，這份情誼不是言語就可以感謝的。對於這樣好心腸的一家，柳好好臉上的笑容也真摯了幾分。

「原本想來幫忙的，看這樣子我是插不上手了，那大力叔就厚著臉皮等吃飯了啊。」說著他把手中的賀禮遞過去，裡面竟然還包了個紅包。「別拒絕，只是討個彩頭。」

裡面只是九文錢，讓柳好好笑了起來。「行，那我就收下了。」

接著柳大牛、李戶、李春、柳土根還有獵戶柳春……甚至一些輩分高的老人家也過來了，各個都是帶著笑意，讓這個原本冷清的大房子瞬間熱鬧起來。

「好好，恭喜恭喜啊！妳娘這是有福了……」

「柳李氏啊，妳這是熬出頭了，看看這孩子，多懂事啊，還能幹。」

「恭喜啊，喬遷大吉，咱們就來湊個熱鬧！」

大家你來我往的，好不熱鬧，柳好好都覺得笑得僵硬了。

廚房裡，柳李氏已經被小劉氏她們趕出來了，畢竟今天她是主人家，怎麼也不能親自動手。兩個小丫頭自覺地在廚房裡幫忙，而兩個小廝則是忙著給外面的人端茶送水。

燒滾油，巴掌大的肥肉扔進去，頓時散發出讓人癡迷的香味，再加上豆腐、大醬狠狠地燉了一鍋，簡直香得讓人口水都下來了。

另一口鍋裡面，一根大腿骨已經熬了很長時間，乳白色的湯汁根本不需要加任何東西，已讓人恨不得喝上好幾碗。

菜式不多，三葷三素，但分量夠足，端上桌子時，柳好好看到不少人暗暗嚥口水，也沒有笑話。村子裡的人有點東西都想著換成錢，哪怕自己養大的雞鴨估計都沒有吃過多少，甚至雞蛋也攢起來賣掉，現在看到這麼多的肉能不饞嗎？

「來，今天咱們就痛痛快快地吃，熱熱鬧鬧地喝！」

柳好好一看村長發話，頓時笑了起來，指揮幾個下人趕緊把自己前段時間釀的米酒拿了出來，一點都不心疼。

「好！」

大家的熱情都煽動起來了，村長一口酒喝下去，興奮得臉頰都紅了。

「既然大家都在這裡，老頭子我就不客氣了，再叮囑大家一下。切糖的生意就這麼做下去，規矩就是規矩，要是不遵守，可就沒有下回熱鬧了！」

「明白的村長，咱們大家都知道。」

熱熱鬧鬧的一頓飯，很多人喝到了平時捨不得喝的酒，興奮地吃著聊著喝著。本來是想要跟主人家喝酒，只可惜柳李氏不會喝，其他兩個都是孩子，於是大家就和村長喝起來。

不一會兒的功夫，村長只覺得暈暈乎乎了。

「二郎家的，大郎家的一個都沒有來？」

這時，有人小聲問道，雖然之前鬧得很不愉快，但是搬家這麼大的事情都不過來看一眼，實在是說不過去。

柳李氏自然知道柳大郎一家沒有人過來，神色不變。「可能是有什麼事吧。」

「也對，不知道他們家的得金身體好了沒？」

說話的人笑了起來。上次可是鬧得很大呢，柳得金一家子想要訛詐好好，結果呢……想想他成廢人的消息出去之後，談好的親事立刻退了，即使後來說是謠傳，可是對方也沒有鬆口，可見親事是真的吹了。

「是啊，估計的確很忙啊，畢竟得金的腿不好。」

柳李氏笑了笑，什麼都沒有說。今天這樣的大好日子可不能因為某些人破壞了，再說，她還真心不願意那一家子人來。

誰知道剛說著，就見到院門被推開了，柳大郎沈著臉，柳王氏和柳得金提著一個籃子就這麼進來了。

「我說弟妹啊，這麼大的日子都不請我們來，怎麼著，這是看不起我們嗎？」柳王氏掐著嗓子說。「咱們可是親戚，都不通知一聲，這做大伯和大伯母的心裡可過意不去啊！大家吃著呢，好吃嗎？咱們大郎可是好好親大伯，都沒有吃上嘴呢！怎麼，這是因為好好家有了錢住得起大房子，各位就——」

「閉嘴！」柳大郎低聲呵斥，看到眾人不悅的目光還有隱忍的怒火，也知道今天不能鬧。

趕在飯點過後來就已經是膈應了對方，剛才媳婦的那幾句話可是把所有人都得罪了。他看了看。「弟妹，咱們就算是做錯了事，這麼好的日子也該知會一聲。我們知道遲了，禮物備得有些匆忙，弟妹不要介意啊。」

說著把手中的籃子遞過去，好奇的人看了看，只見裡面大概也就十來個雞蛋，還真的是……一言難盡。

「沒事，大哥來了就好。」

「那是啊，我們要是不來，妳今天也沒有臉面不是？」柳王氏陰陽怪氣地說道，不過大家都沒有搭理，該吃的吃該喝的喝。

柳好好看著他們理所當然就要往上首走，冷笑一聲。「大伯，真是不好意思呢，您看這邊已經坐滿了，你們來得遲也不能讓你們用他人用過的是不是？」

柳大郎他們不是很樂意，只是看著那桌子是村長還有幾個輩分大的，哪敢說什麼，只好端著態度點點頭。

可是柳王氏卻不願意了。「憑什麼，我們可是妳大伯大伯母，妳爹去了，咱們就是妳長輩，哪有這樣對待長輩的？」

「娘……」

柳得金終於說話了。這段時間大概是過得不好，整張臉都是慘白的，原本精明的目光如今變得陰鷙，當他看過來的時候，整個人都陰沈沈的，讓人不喜。「算了。」

「算了？為什麼算了，柳李氏他們這樣欺人太甚，還讓我算了！」柳王氏似乎並不甘心。

啪！筷子摔在桌上，眾人看過去，就見到村長憤怒地看著他們。「怎麼，難不成讓我們這群老傢伙等你們，要不要放鞭炮歡迎？」

村長的兩句話成功地讓柳王氏閉嘴，但顯然並不服氣。

「今天是好日子，誰都不許鬧！」

村長再次冷聲道，大家點點頭，表示自己不會鬧，只是柳大郎一家明顯被排除在外，除了他們那邊，氣氛倒是挺熱鬧的。

柳大郎這次是發現了，不知不覺當中，村裡人現在已經看重柳好好他們，甚至隱隱約約還有討好的意思，肯定是那個什麼切糖生意讓這些人巴結上了……他的眼睛就這麼盯著周圍，一言不發。

勞累了一天，到了晚上，柳好好也準備休息了。

「姐……」柳文遠的臉有些紅，站在房門口，看上去很猶豫。

柳好好剛剛洗了腳，準備鑽被窩呢，看見他站在那裡，問道：「怎麼了？」

「姐，我能不能和妳睡？」

這句話說出來之後，首先臉紅的便是柳文遠。

新房子就給柳文遠造了一個又大又漂亮、還帶隔間的房間，隔間裡打了書架，擺放了書桌，就是個簡單的書房，這可是全村唯一一個。

不過小孩子嘛，驟然分房睡肯定有些難受。柳好好覺得自己很大方，拍拍床的另一邊。

「過來。」

柳文遠的眼睛一下就亮了。其實他也知道，自己過完年就八歲了，這個年紀和姐姐在一起很不好。可是，他真的有些捨不得……

想到在老房子的時候，姐弟倆曾經抵足而眠，說著悄悄話，姐姐還擔心他害怕，經常說故事哄他；現在突然分開了，想著以後再也沒有這樣的機會了，心裡就覺得空落落的，他便不停告訴自己：最後一次，最後一次。

所以，哪怕覺得不好意思，他還是想要和姐姐說說話。

柳好好也知道男女五歲不同席，但是看著最親的弟弟這樣期待的眼神，怎麼可能拒絕？

「姐姐。」

「怎麼了，辛苦了一天還不累啊，明天還要去書院呢。」

「睡不著，姐，我怎麼覺得像是作夢似的呢？」柳文遠小聲問道：「我真的不敢睡啊，生怕這麼一閉眼，等到睜開眼睛，這全都沒有了。」

還有，這麼好的姐姐也沒有了。

以前的姐姐實在是太懦弱了，除了哭就是躲在家裡，別說有這麼大的膽子了，稍微有點風吹草動就躲起來，特別害怕大伯一家。因為害怕，她對那些人簡直是言聽計從，沒少從家裡面拿東西討好大伯他們……

反正他不喜歡那樣的姐姐。

「啊，姐，疼！」

正想著呢，只覺得臉被人扯得生疼，扭頭看著絲毫不覺得自己做了壞事的柳好好一臉笑容。「姐姐，妳幹麼?!」

「疼不疼？」

臉都火辣辣的，怎麼可能不疼！

「這還差不多。好了，你覺得這是作夢嗎？」

柳文遠咬牙切齒地搖搖頭，這若是作夢才怪呢，雖然知道姐姐是用這種方式安慰自己，但是他覺得自己一點都沒有被安慰到。

「好了，別胡思亂想了。上次給你帶的切糖吃完了嗎？明天回去的時候再帶點。對了，娘前段時間還做了兩罐子蜜餞，你也帶一點過去，家裡還有兩瓶米酒，都一起帶過去。」

「好。」

柳文遠躺在床上，耳邊是姐姐絮絮叨叨的吩咐，包括她要打點的，要帶給哪些人的禮物，還有自己在那邊的飲食睡覺問題，雖然繁瑣，但是他真的好開心，因為從來沒有人這樣事無巨細地關心過自己。以前家裡窮成那樣，為了餬口活下去，哪還會想這麼多……漸漸地，似乎娘的角色都快要被姐姐給替代了。

聽著柳文遠綿長悠遠的呼吸，柳好好無奈地搖搖頭，輕輕地幫他蓋好被子。

真是個孩子呢……

等到隔日早上，撲鼻的餅香引誘著嗅覺，柳好好和柳文遠迅速從床上爬起來，洗漱之後就跑出去。

吃過早飯之後，柳李氏仔細把柳文遠的東西給檢查一遍，確定該帶的都帶了，這才笑著說道：「文遠很細心啊。」

柳文遠笑了笑。「都是姐姐準備的，我啥也沒有做呢。」

「你姐姐肯定和你說了很多，都要記在心裡，知道嗎？娘懂得少，但是娘知道出門在外一切要小心，莫要逞一時的意氣。」

「我知道的。」柳文遠笑著說道，沒有絲毫的不耐煩。

最終，看著太陽快要出來了，柳文遠帶著明德就回書院了。

第三十三章

送了弟弟離開，柳好好繼續指揮家裡的人幹活。

「定安，你跟我來。」說著，她把定安帶到後面的小房子裡，頓時一股黏膩的味道撲面而來，讓定安幸福得想哭。這些都是糖啊，好甜好甜的糖，他覺得自己都快要走不動了。

「你看著，把這些米放到鍋裡炒，等到變色就給我盛出來。還有花生米和芝麻也要分別炒熟。」

「是！」

「二丫，妳過來。」

二丫立刻上前，柳好好又指著前面的一口鍋。「妳負責看火候，等到裡面變黃黏稠的時候就告訴我。」

「是的，東家。」

柳好好把這些事分下去之後，自己去另外一間屋棚，看著麥芽發得怎麼樣了。這段時間的需求肯定不少，她得加快速度才行。但不管是炒米還是熬湯，甚至後面的切片都是力氣活，雖然如今有幾個人分擔並分頭進行，還是少了點……

想著，她便有了再搭幾個鍋爐的想法。

不過麥芽糖的製作，她是不會交給別人的，否則到時候若是有心眼的人學會了之後，這個生意可就做不下去了。她知道其實也捂不了多久，但是為了大家，能捂多久就要捂多久。

說幹就幹，做好了上百斤的切糖之後，她就去找人。

很快地來了好幾個人，其中有柳大力、李戶等人，甚至連平日裡不愛出頭的柳春也提著一隻野兔過來了。

「各位叔，我想在這裡再蓋幾間小房子，不用多好，能遮蓋風雨就行，到時候在這邊起幾個鍋爐……」

「知道了，不過這要忙些日子。」

「嗯，我知道的，叔叔們只管忙，工錢還是按照老規矩。」柳好好認真說道：「對了，我想請幾個嬸嬸幫幫忙，這切糖很需要力氣，我不行，每天都是我娘在切，她一個人也是忙不過來。我想請三個人，每天十二文的工錢……」

這個可是長期的活計，每天十二文，那一個月就是三百六十文，比他們在外面賺錢雖然少點，但是安全又輕鬆，家裡的婆娘多了這份收入，怎麼可能不心動？

「大力叔，我把這個活交給嬸子，招的人我不管，讓嬸子把關。」柳好好笑咪咪道：「我很相信嬸子的能力的。」

「妳這孩子。」柳大力自然是開心的，他已經把山貨的生意交給了大虎兄弟，自己開始跑切糖的生意。現在小劉氏也能找個活，這樣的話，每天的收入比得上以前的一個月了。

「那就這麼說定了，其他人若是也想來，就找大力嬸。」

「行！」

就這麼一邊做切糖一邊蓋房子，十幾天後，柳好好又搭建了新的大鍋，帶著小劉氏他們熱熱鬧鬧地做起了切糖。

搭建好的屋子裡，三口大鍋輪流忙碌著，幾個婦人拿著刀俐落切著，芳香四溢的切糖陸陸續續裝到袋裡。

柳好好把麥芽糖搬出來，看著有條不紊的工作，心情就美美的。

柳李氏見她臉色疲倦，心疼極了。「妳這孩子，說好了我可以的，妳就到一邊休息去。」

「娘啊，我說了一定要好好過日子，怎麼能讓妳幹活呢？」

「娘啊，幹點活，心裡踏實，突然間不能幹活的話也難受。」柳李氏笑了笑，那雙經過多年風霜的手上的確都是老繭。

「那行，娘要是累了就好好休息。」

「好啊。」柳李氏笑了笑，右端著已經切好的麥芽走到小劉氏旁邊。「今天做了不少呢。」

「是啊，三嬸子她們動作很俐落，我都被甩下來了。」小劉氏樂呵呵笑著，旁邊就是李戶家的，這位也是個話少的，但是幹活特別俐落，一天下來也非常厲害。

另一邊則是她說的三嬸子了，上次幫柳好好做飯當中的一個，人長得胖乎乎的，笑起來也特別和藹可親。

「哈哈哈，身邊都是年輕人，我要是不努力點豈不是被超過了！」三嬸子哈哈大笑起來，手上的動作倒是十分俐落，熱氣騰騰的切糖一塊塊大小均勻，簡直就像是丈量過似的。

柳好好也笑了起來。「各位嬸娘，辛苦了。」

「說什麼呢，要不是妳啊咱們現在能有這麼好的活計？」幾個人紛紛打趣。「不知道以後好好嫁給誰啊，這麼有本事，對方估計都要笑歪了嘴。」

「三嬸子，我還小呢！」

「不小了，過了年就十一，也能相了。」小劉氏跟在後面笑起來，硬是把柳好好給臊得躲了起來，乾脆上山去。

天冷，柳好好穿得多了，遠遠看去像是長胖了一圈，當然她也的確長肉了。

「你們好啊！」

她栽種的樹苗都不會說話，但是她習慣性地打招呼。在她的眼中，這些苗木特別可愛，看那搖來搖去的樹枝，絕對是和自己打招呼。

「這棵樹身上有了蟲子的痕跡，我得弄出來。要是有石灰就好了……」她低聲道，覺得石灰應該不會太難找，便摸了摸樹幹笑了笑，繼續往前檢查。

每一棵樹苗在她的精心照料之下，長勢非常好，即使是這麼寒冷的天，即使冬天將臨，她也有信心這些樹不會出問題。

天氣越來越冷，雪飄下來的時候，柳好好憑藉著自己的切糖生意已經賺了二十多兩銀子，相比當初賣蘭花的價格是不值一提，但是她知道這也是長久的生意。

一轉眼日子便到了年關，柳文遠也放假了。而隨著柳文遠回來的，還有趙掌櫃託人送來的一封信。

柳好好真的奇怪了，接過來一看，上面蒼勁有力地寫著幾個字：文近親啟。

知道她叫柳文近的只有幾個人，會是誰寫信給她？

她打開信，臉色變得有些驚訝了。

西北邊塞，宮翎懷揣著一封信，就這麼跋山涉水地到了那邊。為首的將領鐵木年看著他，又看了看手中的信，臉色有些複雜。

最終，他大手一揮。

「看在睿王的面子，我收下你，但是你要知道我鐵面的稱號可不是浪得虛名，不要說我刻薄，每一個人都是從最基本的士兵做起。林浩！」

「將軍！」

「這個兵就是你的了，該怎麼做就怎麼做！」

那個叫林浩的穿著鐵甲，走起路來虎虎生風，哐噹哐噹地響，虎背熊腰的身材給人一股壓迫感，左手放在腰間的刀鞘上，似乎時時刻刻都在準備著。

「我沒有什麼要求，只有兩點：一服從，二不許後退！」

林浩的目光如狼一樣在宮翎的身上遊走一圈。「你現在就入隊，開始訓練。記著，我們這裡沒有慫兵，你若只是想來鍍金的話，我勸你還是放棄。」

宮翎眼眸一沈，整個人忽地散發出氣勢。林浩一愣，轉而笑了，大手在他的肩上狠狠地拍了拍。「不錯！」

拍完之後，眼中的讚賞更明顯了。

他林浩在軍營雖然稱不上數一數二，但是武功也不差，加上這些年在西北邊境打拚，實力也是很強悍的，還真的沒有多少人能夠面不改色地承受他剛才的一掌。這個小子挺住了，不管是裝模作樣還是真的厲害，最起碼氣性還是不錯的。

「好了，去訓練吧。對了，西北可不像皇城那樣安穩，也許在下一刻就會有敵軍過來。」

幾天之後，一場廝殺讓宮翎真正明白什麼是戰場，什麼是死亡。當他渾身是血地站在屍體堆前，看著不管是敵人還是自己人躺在地上，紅色的血將大地染色，鋪天蓋地的腥味引來了無數隻鷹隼，原本黑沈沈的眸子變得更加深沈。

他鬼使神差地寫了一封信，給那個才見過幾次的柳文近。

「文近，一切可還安好。海越城如同想像一樣，貧瘠、困苦，然又古樸厚重，即使戰爭和風雪也沒有磨掉他們的希望，讓吾豁然開朗……願弟一切安好。兄，翎字。」

自從收到這封信之後，柳好好就覺得心情有些複雜。

小狼狗站在床邊嗚嗚叫著，柳好好伸頭看了一眼，見小傢伙長大了一圈，可還是一點狼的威風都沒有，看上去可憐兮兮的。

她爬起來，抱著小傢伙把爪子好好地清洗一遍之後放到床上。

「欸，我要不要回信呢？」

「嗚嗚……」

「小東西，人家臨走的時候還把你安排得妥妥當當的，現在可好了，你都不一定記得人家，真是狼心狗肺……不對，你本來就是狼狗，兩樣都占齊了。」說著，自己都笑了出來了。

明天寫封信吧，雖然他寫得風輕雲淡的，但是以她對那個小子的認識，肯定是希望自己回信。

柳好好摸著小狼狗的毛，笑了笑閉上眼睛。宮翎難得主動寫信給她，顯然是把她當朋友。她若不回信那就有些傷人了。

第二天，她爬起來就從柳文遠書房借了筆墨紙硯，自己寫信。

「不行，這樣不行！」揉了，扔掉。「宮翎，在那邊好好幹，相信你絕對可以出人頭地的！」柳好好看著，狠狠地點頭，小孩子總是需要鼓勵的。

「放心吧，我這邊好得很呢。我已經賺了錢，現在都不用上山了，很安全的！我還弄了切糖的生意，讓人給你帶點嘗嘗。還有啊，小狼狗現在長大一圈了，已經可以吃肉，不過估計已經把你忘記了。」

她洋洋灑灑地寫了好幾張紙，剛把信裝好，柳文遠就進來了，看著一地的廢紙，愣了一下。

「姐，幹麼呢？」

「寫信。人家寫信過來了，我得回信啊。」柳好好自然地道。

柳文遠彎腰撿起一個紙團，看著上面歪歪扭扭的字，表情一言難盡。他神色複雜地看著高興的姐姐，不著痕跡地又把紙團給扔到地上。

姐姐喜歡就好。反正……姐姐會寫字已經很好了！哪怕那些字巨醜，還都是錯別字。

「好了，我去縣城一趟，順便給你帶點紙回來。」剛才浪費了不少，得補上，而且今天天色不是很好，過兩天肯定要下雪。要是下雪了，到時候可就不好出門了。

果然，第二天下午的時候，就飄起雪了。

「好冷、好冷！怎麼這麼冷啊！」

柳好好裹緊衣服就往作坊裡跑，因為那裡在製作切糖，幾個大鍋的火燒得足，溫暖極了。

「真舒服。」

柳李氏正在熬麥芽糖，見她這樣，無奈地搖搖頭。這孩子明明都已經開始做生意了，怎麼就這麼不穩重呢？

她嘿嘿笑了笑，在作坊裡轉了一圈，這個看看那個摸摸，又說了幾句鼓勵的話之後，慢悠悠地離開了。雖然暖和，但是裡面也挺悶熱的，再說自己不幹活，一直坐在那裡豈不是礙眼。

一出門，小狼狗就竄了進來。

「走了，跟我上山。」

雖然冷，她卻時時刻刻注意著自己山上的小樹苗。害怕凍死是一方面，另一方面也怕雪太大了，把這些樹壓斷，到時候雪融化了只怕要修剪，而樹傷了元氣也是挺麻煩的。

在山上轉了一圈，發現自己該做的都已經做好的，肥料也好、保暖工作也好，都已經做到位了。

「真不錯啊！」

不過冬天來了，這山上也需要一個看家護院的，起碼山上的野獸來了，有個報信的也好。

她第一時間想到的便是柳春。柳春性子沈默，高大強壯，看上去有些嚇人，但是個好人。她想到便去做。

「叔，你也知道我在那邊包了山頭，準備種樹對不對？您會打獵，身手好，所以我就厚著臉皮過來了，您看……」

柳春定定看著柳好好，那雙黑色的眼眸很平靜，神情沒有一點點波瀾，乍一看有些嚇人，但此時卻讓她覺得裡面帶著幾分光亮，就像是小孩看見喜歡的糖卻要忍住的表情。

「嗯。」柳春以為嚇到了她，趕緊收回視線，應了一聲。

「那您這是答應了啊？」柳好好笑了起來。「咱們說好了，這看護的活可不輕，雖然平時沒有什麼，但是若是出現野獸啊壞人什麼的，您可就要費力了。所以工錢是每天二十文。」

「多了。」

「不多，三嬸子她們幫我做切糖是每天十二文，這麼冷的天，叔得幫我看林子，二十文不多。」柳好好笑了笑。「您要是拒絕的話，我會不好意思的。」

柳春想了想，然後點頭了。

第三十四章

這一連幾天下雪，村子裡的人都不能出門了，於是每天就窩在家裡說說話、聊聊天。

這不，小劉氏就拿著布料過來一邊裁剪一邊笑道：「這要過年了，我得給家裡的幾個漢子一人做一身新衣服。嫂子妳呢，新衣服準備好了嗎？」

柳李氏笑了笑。「準備差不多了，好好怕我傷眼睛，不讓我做衣服，只能做做鞋。」

「嫂子，這是炫耀呢！妳看我生了兩個兒子，長這麼大的個子有什麼用，一個都比不上。」說著，小劉氏搖搖頭，一臉的嫌棄。

這時，三嬸子也拎著籃子頂著風雪進門，見到兩個女人在忙，樂了。「我說呢，還是妳家暖和，這天實在太冷了。」

「妳說這雪會下幾天啊，咱們家山貨的生意是做不成了。」小劉氏有些可惜，不過轉而又笑了。「好好家的糖可不少呢，我和孩子他爹商量著，若是可以的話，等雪停了多賣點切糖，年前最後一次。」

「是啊，咱們家也是這麼想的，好好過個年。」

柳好好捧著自製的暖手壺，看著娘和幾個人聊得這麼開心，笑著讓二丫給她們弄了點吃的喝的，自己坐在旁邊看著她們聊天，覺得這樣平靜的日子，真好！

幾天後，雪終於停了，陽光照在大地上把整個柳家村變成彩色的，十分好看。

柳好好看著太陽，覺得自己總算是活過來了。

家裡的幾個人各個拿著工具出門，柳好好知道他們這是去掃雪了。

「東家，早。」

今年大雪，之前村長就擔心會不會有雪災，果然幾天之後，柳家村就開始有人過來了。先是村裡王大娘的娘家來人，然後陸陸續續很多村民的親戚也來了。他們說因為這場大雪，地裡的東西大部分凍死了，家裡的房子也壞了，沒有辦法，只好來尋求幫助了。

其中也包括柳王氏的兄弟一家。

說起王翠花娘家人，柳李氏更是覺得噁心。看王翠花就知道了，這家人是什麼樣的秉性，那個大哥王家富簡直就是個吸血鬼，以前吸父母的，之後就從王翠花這裡要錢，雖然大部分是瞞著柳大郎，但是紙包不住火，為了這事，夫妻倆還吵過很多次。

王家富的妻子更是尖酸刻薄，錢只要到她的手裡，絕對不允許任何人碰觸，不然就是哭喊打罵。至於他們家的幾個孩子，兒子就是混混，女兒也是自私之人。

看著娘親的表情，柳好好就知道這一家人大概是什麼樣子了。

只是沒想到這一家子人剛到這裡，就把目光放在了柳好好家，知道明的不行，便暗搓搓地想辦法。

「表哥，看見了吧，這家人現在可是不簡單的。就因為這切糖生意，所以現在村子裡的人都追著他們，上桿子幫忙呢！」柳得金咬牙切齒地道。

王宗平冷哼一聲。「有個屁用！難不成這些人還天天守著，我就不信了，他們就不怕打！」

柳好好吃著娘親手做的麵餅，心裡美滋滋的。倒是柳文遠有些擔憂，吃飯的時候有些心不在焉，和之前大快朵頤的樣子判若兩人。

「怎麼了，在想什麼？」

「我覺得他們家不會這麼輕易就放棄。」

柳文遠幽幽的嘆口氣。「王家富的大兒子好像也來到村子裡了。」

「他兒子來就來啊，怎麼了？」

柳文遠愈發的覺得這個姐姐實在是太心大了，以前被欺負的時候難道都忘記了嗎？那個混混……

「王宗平是個混混、無賴，就怕……」

柳好好瞬間就明白什麼意思了，娘是害怕這人會找上門來呢。

冬天總是讓人覺得睡眠是最好的東西，所有人都早早地吃過晚飯，然後洗漱休息了。

皎潔的月光把整個柳家村蒙上一層淡淡的霧，此時，一抹黑影迅速地跑過，正好映入正在苗圃轉圈的柳春眼裡。

當他從林子裡出來的時候，就見兩個鬼鬼祟祟的影子往柳家走去，他皺眉，拎著自己的弓箭和長刀就跟了上去。

這麼晚不睡覺在村子裡逛，絕對不是什麼好人。

柳好好他們自然已是入睡了，小狼狗洗乾淨了爪子，也鑽進被窩裡。睡意漸漸讓人陷入深眠，可原本趴在床上睡覺的小狼狗突然支起耳朵，那雙黑色的眼睛警戒地看著外面。

牠爬起來，呼嚕呼嚕地低吼，柳好好猛地被驚醒，見到牠這樣，趕緊穿好衣服爬起來。

一打開門，就覺得大門外面有輕微的響動。她安靜地把柳文遠與幾個下人給叫起來。

「咱們先看看到底是怎麼回事。」

柳李氏手中拿著棍子，其他人也拿著扁擔、椅子、棍子什麼的，警戒地看著大門。

然後，一把匕首就這麼插進來，幾下就把門栓給弄下來。

幾個人躲在桌子後面，手中的力氣大了幾分。就在門被推開的時候，柳好好為了門戶安全，每晚安在門頭的一盆水就這麼落下來，進門的人躲閃不及，就這麼被淋了滿頭。

「啊！」

這種天氣被淋水可不是什麼好事，冷一下子就鑽到骨子裡，把他們凍得尖叫。

「怎麼回事?!」

王宗平顯然沒想到竟然會遇上這樣的事情，猛地跳起來。「誰在搗鬼，給我滾出來！」

他原本還想偷偷摸摸地進來威脅一番就算了，可是現在被弄得如此狼狽，怎麼也嚥不下這口氣。「滾出來！」

柳得金嚇了一跳，趕緊說道：「別啊，這麼大聲要是讓別人聽見就不好了。」

「哼，老子要是害怕就不會過來了！柳好好、柳文遠，你們兩個賤種給我滾出來，有爹生沒爹教的野種，竟然敢算計我！」

柳得金身上也濕了，現在恨不得回去換一身乾淨衣服，但是這樣來又灰溜溜地走，豈不是太沒有面子了。

「好好、文遠，你們出來吧，我們只是來和你們商量事情的。」

「呸，商量個屁！這兩個賤種就是該打。別怪老子不客氣，給你們臉不要臉！」王宗平現在怎麼可能還有耐心好好商量，大步往前走，誰知地面上的水竟然凍成冰，他沒注意，一下子摔在地上，只覺得骨頭都要斷了。

「哎喲！」

這一下摔得不輕，結果人還沒有站起來，就聽到裡面傳出聲音。「抓賊啊，有賊進來了！」

說著，幾個人就衝出來，也不管到底是誰，對著人就打。

「不要打、不要打！是我得金，是你堂兄，我們不是賊！」柳得金心都涼了，他們原本是想要偷偷摸摸地進來，最好威脅一下對方，以他們這孤兒寡母的性格肯定是不敢聲張的。結果現在好了，幾個人衝出來一邊打一邊喊抓賊。

「媽的，誰敢打我！」

王宗平在村子裡一向混帳，一直以來都是他揍別人的分，現在竟然被人揍了，這還得了！他猛地爆發出力氣，直接把人給推開，然後從懷裡掏出一把匕首威脅。「誰敢動我，他媽的找死是不是！」

明德見狀，嚇得趕緊把柳文遠往後拖，兩個丫鬟也分別把夫人和東家擋在身後，而定安拿著棍子顫抖地看著這人高馬大的男子，咬牙對視著。

「你們這兩個賤種，竟然敢打我！」王宗平拿著匕首惡狠狠地說道。他的臉被打了好幾下，都瘀青了，現在一說話就抽疼。

柳得金也沒有好到哪裡去，他被打了好多下，身上疼得難受，此時見他們不敢動彈，站在王宗平的身邊，冷冷的說道：「嬸子，您這樣讓姪兒真的不好做呢，你們這樣打人，姪兒心痛得很。咱們明人不說暗話，把切糖的配方給我，還有麥芽糖的製作方法，這件事咱們就算了。」

「作夢！」柳文遠冷笑起來。「你們大半夜的過來搶劫，真的以為沒有王法了嗎？」

「王法？有本事你去請來王法看看啊，哈哈哈哈！」

柳文遠看著站在那裡肆意大笑的兩個人，然後給明德一個眼神，就見明德悄悄地往後退了兩步。

「柳好好給我出來，趕緊的！」

剛說完，一張網就從頭上落下來，剛好把兩個人給網住了。

「抓賊啊，有人搶劫啊！」二丫和春娘立刻跑出去，對著外面大叫起來，很快便聽到周圍有動靜了，接著，燈火就亮起來了。

「打死他們，打死賊！」

明德和定安此時可沒有手軟，剛才這兩個人竟然威脅他們要製作方法，想要搶他們家的東西，那怎麼行！

這個時候，小狼狗也撲上去對著王宗平就咬。

「小傢伙，回來！」

小狼狗的牙齒還不行，那個王宗平手中還有刀呢，可不能讓他傷到了。

可惜這小東西壓根不聽話，對著胳膊張口就咬。王宗平衣服穿得多，被小狗咬一下根本沒事，他另一隻手的匕首對著狼肚子就要刺下——

「不要！」

柳好好臉一白，眼看著小傢伙就要被刺中了，就在這時，嗖的一聲，一支箭射中王宗平的匕首，哐噹一下就掉到地上了。

眾人吃驚，抬頭就見柳春站在門口，手中還拿著弓箭。

「柳春叔！」柳好好沒想到第一個過來的竟然是他。

柳好好奔過去一把抓住小狼狗，檢查牠有沒有事。小狼狗大概也嚇到了，鑽到她的懷裡就嗚嗚叫著，撒嬌似的。

「柳春叔，他們這是要殺人呢……嗚嗚嗚……」柳得金被打得眼冒金星，看到有人過來立刻求救。「這是要殺人呢，我是得金啊，救我啊……」

然而柳春一句話都沒說。

「趕緊把老子放開！不然老子一把火把你們家給燒了！」王宗平不停地叫囂著。「聽見沒有?!放開我，信不信——」

「我倒要看看，你想怎麼樣！」

一個憤怒的聲音傳來，眾人全都安靜下來了。

「村長？」

「三叔公？」

柳李氏看著過來的人，心中終於定了。「你們怎麼過來了。」

村長的臉色可以說是非常陰沈。他沈沈看著地上的兩個人，怒氣衝天。「得金，這麼晚了，你們怎麼會出現在這裡？還有這個王宗平怎麼回事，怎麼想要一把火燒了這裡，難不成還想要把咱們柳家村都給燒了不成？」

「不、不是的……村長，表哥只是有些生氣，他不會的。」柳得金現在哪敢說什麼啊，趕緊討饒。「村長，我們是豬油蒙了心，就是想找好好借點錢……」

「騙子！」定安原本顫巍巍地拿著棍子，現在人多，終於放鬆下來，但是因為剛才實在是太激動了，眼淚還掛在臉上。「他們說要東家把製糖的方子交出去。」

「什麼?!」

這句話簡直就是炸了鍋，這還得了，製糖的方子就是全村人的命根子，這兩個人竟然敢如此無恥地想要奪取，還好意思說是借錢，簡直不要臉！

「村長，這簡直是太過分了，送官吧！」

「別、別，我錯了，錯了還不成嗎？」柳得金雙手合十。「好好、文遠，哥錯了，哥就是有些混帳，想要和你們鬧著玩呢！咱們大事化小小事化了，你們看怎麼樣？就當我沒來，以後也不會出現在你們面前，哥再也不來了。」

村長的臉色陰沈沈地沈默著，半晌才開口道：「不行，這件事必須要了結。三叔公、七叔伯，你們看呢？」

三叔公、七叔伯都是村子裡德高望重的老人，什麼樣的人沒有見過，知道這樣的人根本不會真正醒悟。

「去，把大郎一家子叫來！」

七叔伯白髮蒼蒼，拄著枴杖，柳好好吩咐明德和定安讓幾個長輩坐下來，其他人自覺地站在村長他們身後，看上去每一個人的臉上都是憤怒，氣勢洶洶地等待著。

柳大郎和王家富一聽到村裡人喊他們過去的時候，心裡咯噔一下，但是想著兄弟姐妹間打打鬧鬧是常事，雖然有些不安，卻沒有放在心上。

不過，當他們來到柳好好家的時候，看到前面一群人的臉色，頓時覺得不好。再加上他們看到自己的兒子被網住，狼狽不堪、拚命求饒的樣子，暗道不好。

第三十五章

「七叔伯，三叔公，村長，怎麼都在這裡，發生什麼事了？這個半夜的……真的很冷啊。」

是啊，好冷的，原本柳得金和王宗平就已經渾身濕透了，現在耽誤下來，衣服都結冰了，更是凍得臉色發青嘴唇發烏了。之前還一臉無所謂的王宗平也快要承受不住，態度都好了很多。

「是啊，這是怎麼回事呢？這兩個孩子的臉色不好啊，你們這麼多人站在這裡，就看著他們凍死是不是？」

村長手一抬，冷聲道：「這件事到底怎麼回事，大家都看在眼中。柳大郎，以前你也就是貪點小便宜，我沒有想到現在竟然如此的大膽！」

「村長？」

「今晚，柳得金和王宗平二人闖到好好家，想要竊取切糖的製作方子，沒有偷到便想威脅，這已經算得上是行兇傷人了！我們準備報官。」

「不，不行！」柳王氏和王大富家的人跟著就來了，一進門就聽到這句話，頓時大叫起來。

「不行啊，不能報官！我們沒有啊，什麼都沒有做，村長你不能偏袒啊……你不能因為柳李氏家能夠賺錢，就要把我們往死裡整啊！」

柳王氏哭嚎著，話裡話外都是村長因為柳好好家有錢就偏袒對方，氣得村長差點就要拿枴杖打下去。

「給我閉嘴！」

「不行，你們誰也別想動我兒子，不然我死給你們看！」王家富的老婆一下子撲到王宗平身上，撒潑打滾，惡狠狠地說道：「誰也不行！告訴你們，柳家村的人想要欺負我們王家村的就是不行！」

「來人，把這個潑婦給我拉下去，現在到底是誰欺負誰，真當我們都是死的呢！」

「村長，再怎麼說得金和宗平也是好好、文遠的兄弟，若是抓去縣衙也是不好聽的對不對？要是讓別人知道，還以為咱們柳家村是一個內裡鬥的村子呢！村長，不然大事化小，這樣對柳李氏、對咱們柳家村都是有好處的。」

「不行！」柳李氏堅定地說道：「今天他們兩個就敢半夜摸上門，還帶著匕首，明天是不是把我殺了，也說為了村子的名譽不能說出去?!」

柳李氏性子是非常柔軟的，如今的她卻為了保護自己孩子，強硬表示，這態度讓柳大郎吃驚，也讓村子裡的人吃驚。看來，再好的人被逼到一定程度，都是非常厲害的。

「三叔公……」

「咱們村子從來就沒有遇到過這樣的情況。」三叔公咳一聲，掀起眼皮看著柳大郎。

「大郎，我們看著你長大的，就算你爹當年有些錯誤，這麼些年也該還清了，做人要懂得進退。」三叔公說得很慢。「讓人報官……」

「不能啊！三叔公，得金還沒有娶妻，不能坐牢啊，要不然這一輩子就毀了！得銀現在還在書院裡面讀書呢，以後都是要當秀才當官的，不能有這樣的事情啊，不然得銀也毀了！」

柳王氏大聲哀嚎，然後轉頭打柳得金幾下。「都是你！你這個死孩子，怎麼就這麼死心眼呢！哪裡叫你要什麼方子啊，還不是前段時間被好好給坑了一下，現在心裡不高興，想要嚇唬嚇唬呢，我兒子哪有這個壞心眼啊，得金啊，你怎麼這麼糊塗呢？」

「大伯母，其實我們也覺得把哥哥送到官府去不好。」柳好好突然開口道：「但是，這事情要是沒有一個解決的辦法，也是不行的。」

「我知道我知道，要不這樣，我們賠錢，一兩銀子怎麼樣？」

「我們也不要錢。」

聞言，柳王氏眼睛一亮。「那你們要什麼？」

柳好好笑了笑。「沒什麼，只要大伯和大哥在這個上面畫個押、按個手印就好了。」

柳文遠從身後拿出一張紙來，上面密密麻麻的都是字，恭敬地遞給村長。「村長，您老識字，您看看這樣行不行？」

村長看著紙，上面把今晚發生的事情詳細寫出來，包括王宗平和柳得金來的目的。

「大慶十五年農曆十一月十七日夜，柳家村柳得金與王家村王宗平二人……」聽著村長讀出來的話，眾人愈發鄙夷。

然而柳大郎和王家富的臉色非常難看。若是畫押按手印的話，以後他們的把柄就落在了柳好好手中，日後哪天得罪他們，他們完全可以拿著這個認罪書去告官，這簡直就是一個不安定的存在。

「這……不行啊，這要是簽了……」

「大伯，您這樣就有些貪心了。」柳好好冷笑地看著柳大郎。還真的以為這事就這麼算了？當他們什麼，今晚要是真的算了，以後豈不是想要上門欺負就上門欺負，哼！

「村長您看……」

「按！」說著，村長就指揮兩個人一左一右地抓著柳得金和王宗平的手在認罪書上按了手印。

「不行！」

幾個人想要阻攔，全部被拽開了，柳王氏眼睜睜看著兒子在認罪書上按手印，叫得撕心裂肺，恨不得撲上去將那張紙給撕掉。

柳好好滿意地把認罪書收起來。「只要大伯和大伯母以後安安分分的，這認罪書永遠沒有出現的時候。所以啊，以後大哥怎麼樣，還是看大伯和大伯母的。」

村長臉色陰沈沈的，讓人把地上凍得不省人事的兩人給抬回去，至於柳王氏等人，直接趕走了。

終於清靜了。

柳好好上前一步，雙手一攏，彎腰朝村長他們行了一個大禮。

「還有各位叔叔嬸嬸，今晚若不是你們來幫忙，只怕我這裡已經保留不住了，這製糖的方子只怕也給他們搶奪了去。」

柳好好的眼圈有些紅，卻沒有哭出來，讓眾人看得心疼不已。小小年紀撐起一個家來，好不容易盼到了好日子，結果被人這樣覬覦，是誰心裡也不好受啊。

「好好謝謝你們了。」

「妳這孩子！」村長趕緊走上去，心疼道：「別這樣了，好好，今天的事情做得對，別擔心，咱們都給妳撐腰呢！」他幽幽嘆口氣。「之前也是我們糊塗，總覺得這是你們的家事，所以也就沒有過多關心，硬是讓柳大郎他們越來越過分。不過老頭子我已經知道了該怎麼做，妳放心吧。」

「妳安心過日子，若是他們再來找碴，別客氣，叔第一個就找他算帳！」

等到眾人離開，柳好好趕緊讓人把門給關好了。然後，臉上的悲戚完全消失，挑挑眉笑了笑。「這下子我倒要看看柳大郎他們怎麼辦！有了這個認罪書，柳得金的把柄就是落在我們手上了，若是以後再有什麼歪點子就要好好想想。這個我得收好了。」

呵，這個認罪書寫的真好。

「文遠，幹得不錯！」

柳文遠笑了笑。「姐姐教得好。」

幾個下人站在一邊，看著東家姐弟這樣互相吹捧，雞皮疙瘩都起來了。不過今晚真的很刺激啊，想想都覺得興奮呢！

「好了，不早了，咱們睡覺了。」

柳李氏想了想，道：「今晚多虧了柳春，明兒你們倆帶著禮物去看看，表示一下感謝，知道嗎？」

這事鬧得太晚，柳好好他們第二天醒過來的時候也不早了，不過沒有煩人的事、沒有討厭的人，心情還真是不錯。

「欸，我跟你們說啊，聽說昨晚回去之後，那兩兄弟都發了高燒，不過幸虧身體好，挺了過來。」小劉氏樂呵呵地走過來，手中拎著一個籃子，裡面是剛烙好的大餅。

「這麼嚴重？」

「那是他們活該！我跟妳說啊可不要心軟，難道還不知道那家人什麼秉性嗎？」小劉氏見她這樣，趕緊打斷對方的念頭。「這就叫自作虐不可活。」

柳李氏擺擺手。「我不是同情他們，只是不想把事情鬧大。」鬧大了，到時候就麻煩了。

「對了，聽說昨晚，王家富家的和王翠花狠狠地吵了一架呢，那架勢簡直就像是以後老死不相往來，不要太難看。」
「是嗎？」
「是啊，那兩個女人就這麼對罵，靠近的幾家都聽得清清楚楚的。王翠花覺得肯定是王宗平帶壞她兒子的，王家富家的認為是柳得金慫恿的，兩個人妳罵我我罵妳的，好不熱鬧。」
柳李氏笑了笑，也不再關注這兩家人。「行了，來了就別說他們的事了，我都懶得聽。」
「也對，糟心。」小劉氏呵呵的笑了起來，坐下來。「行，咱們就不管了。」
接下來，時間過得飛快，轉眼地上的雪也融化了不少，出去賣切糖的人也陸陸續續回來了。
這天，一輛馬車停在柳家村，下來一個華麗衣著的男子。
他抬頭看了看這個貧瘠的柳家村，讓人詢問路人，最終找到了柳好好的家。
「在下柳文近，小名好好。」柳好好說：「敢問，這位客人您是有什麼事嗎？」
「您好，我知道你們村裡面賣了一種甜點叫切糖，味道不錯，我是開客棧的，上一次從另外一位手中買了一些，客人們表示味道不錯，所以我想簽訂長期的供貨契約……」
男子笑咪咪的，說出了心裡話。「我知道你們柳家村的人在外面是米糖一文錢一個，花生和芝麻的兩文錢一塊。我之前買的是論斤算的，一斤米糖八十文，和你們零賣的價格差不多，所以我想著，既然從他手中買還不如到你們手中買，貨可以更多。」

論斤賣的？柳好好的臉色並不好看，她看了看對方，微微一笑。

「不知道閣下是從誰的手中買的貨呢？」又看了看對方的衣服料子，便知道對方所謂的客棧只怕不小，這切糖拿回去，絕對可以翻倍賣。眸光沈了沈，她認真道：「抱歉，這個我不能答應。」

「我可以按照一斤八十文這樣給妳，或者稍微再加點也可以。」

原本是過來看熱鬧的村民一聽到這個人的話，心中緊張極了。若是這個老闆真的給好好這麼多錢的話，好好會不會心動？這樣的話，他們的切糖怎麼辦？

為什麼會找到這裡，還不是有人破壞了規矩。

他們憤怒、惶恐、緊張、害怕……所有的希望都落在柳好好的身上，甚至於有的人都不敢呼吸了。直到他們聽到了柳好好拒絕的聲音。

「為什麼？」

做生意的難道不想多賺點錢嗎？來之前，他已經找人打聽過了價錢，可以說是把切糖的價錢壓到了最低，這種生意根本就不賺錢。難道是因為村民閉塞，覺得賺了點就已經很好了？

「這個切糖生意只給村裡人，您若想要進貨的話，就從村民們手中買吧。」柳好好說得認真，這種認真不是一時興起，而是經過深思熟慮的。

她知道自己的園藝肯定會掙錢，但是一個人有錢不算什麼，要是一個村子富起來才是真正的本事。哪怕這裡有讓她討厭的人，但是大部分的村民還是淳樸憨厚的。

「妳家的大人沒有意見嗎？」

「這生意本來就是我的。」

來人有些吃驚，以為這丫頭暫時出來代替一下大人呢，沒想到竟然是她的生意。這小小的年紀竟然有這樣的本事，讓他很讚賞。

「我是四方閣的掌櫃，姓章。後生可畏，看來我這次是白跑一趟了，不過也算是交個小友，說不定日後還會有機會合作的。」章掌櫃有些遺憾，但是也豁達，點點頭，轉身帶著人就走了。

等到馬車離開村子之後，周圍的村民們都湧上來。

「各位！」柳好好看著他們，臉色嚴肅。「大家也看到了，我給大家的價錢是非常低的。」

所有人點頭，因為剛才那位掌櫃的說了，好好幾乎沒賺錢。

「為什麼？因為我們是一個村子裡的，我想著若是我能賺錢，希望也可以帶大家一起賺錢。這就是為什麼我從一開始就要求大家遵守規則，也規定了我的貨不會給其他人，因為我們是一個村，是一個整體，價錢一樣的話，大家不會互相影響，那些買家會覺得反正都是一樣，沒必要貨比三家，所以你們會有固定的買家，也不會因為買家跑到其他人那裡買，導致自己的貨賣不出去。」

「原來是這樣啊！」

「沒想到好好想得這麼遠，我怎麼沒有想到呢？」

「可有人破壞了規矩。」

眾人互相看看，似乎想要找到究竟是誰破壞了這個規矩。到底是誰，要不是好好堅持住了，他們以後這生意怎麼做！

始作俑者站在人群中，低著頭，眼睛滴溜溜地轉著，卻不以為意。只要村裡人不知道是自己，那有什麼好怕的？反正都是賣，他多賺錢又怎樣，怎麼能叫破壞規矩呢？

「各位，我還是這句話，若是再有人破壞規矩，抱歉，我想貨就提供給其他人了。」柳好好說完轉身就走，但這無疑是一個炸彈，直接把這些人弄蒙了。

他們好不容易開始賺錢，感覺到好日子就要來臨，怎麼能這樣！

有的人開始擔心了，趕緊往村長家跑去。村長必須要知道，這可不是小事，是整個村子的大事！

第三十六章

「村長，村長！」

有人把事情的經過告訴了村長，老村長一聽，這還得了！

柳好好自然是聽到了村頭的鐘聲，只是接下來的事情已經和她無關了，她把話說得這麼清楚了，若是還有誰繼續下去，她也沒有必要非抱著柳家村。

不過她也知道，切糖的生意不會太長久，但是沒關係，大不了到時候銷量減少就是了。

不過在這之前……

柳好好瞇了瞇眼睛。必須把這次破壞規矩的人給找到，這樣的人不能加入，否則會損害大家的利益。

果然，村長知道這件事之後，整個人都怒了，他把所有的村民召集起來，然後說出這件事的嚴重性，頓時整個村子瀰漫了一股緊張。

以前生活再苦，大家都沒有這種氣氛，但是現在不一樣了，他們生活好了，甚至可以更好，家裡的長輩臉上笑容多了，家裡的孩子有新衣服穿，兩口子的吵架也少了，這樣幸福的日子可是以前都沒有想過的。

擁有了再失去，那是不可能的！

村民堅決要揪出那個傢伙。

柳好好可不管他們怎麼想，她現在想弄個加工廠，可既然要把村子裡的人整合起來開加工廠的話，就要一個完整的計劃。

這個廠一旦開了，不僅僅可以生產切糖，還可以生產其他的，比如松糕、年糕、牛軋糖……甚至鹹鴨蛋、松花蛋，一些製作簡單又可以長期保存的，大家沒有見過的小吃，成本低又生產方便，特別適合村子裡。

所以，柳文遠就見到姐姐這幾天趴在書桌上寫寫畫畫。

接著，臘月一到，新年就要快了，大家卯足了勁就是為了好好過一個年，但是因為破壞規矩的人沒找到，村子裡還是瀰漫著一股低迷的氣息。

「好好，抓到了！」

就在柳好好費了好長時間，終於把計劃書給寫好的時候，柳大力奔進來，興奮道：「好好，之前引來外人的那個傢伙我們抓到了！」

「是誰？」

「是土根！」柳大力低沈的嗓音帶著幾分狠意，大家都在為了更好的生活拚搏，可是這個人把大家的後路給斷了，太過分了！

「村長讓妳過去一趟。」

「我？」

這時，柳文遠也出來了。「我也去。」

「那行，咱們去看看。」

姐弟倆跟著柳大力到了村長家，只見村長一臉怒火的盯著柳土根夫妻，大概是氣狠了，胸口起伏著。

「簡直是混蛋！」村長嚴肅地看著他們，深深地嘆口氣。「好好把這個生意交給我們，就是希望帶著村子一起賺錢，你倒好……連一個十歲的娃娃都不如，還有臉在這裡推卸責任！」

「村長，我……」柳土根見周圍的人滿臉怒意，瑟縮著，老婆小王氏更是羞愧得臉都紅了。「村長，下不為例。」

「下不為例？上次我開大會的時候就說了，可是你們停止了嗎？」

「我們也就是一時糊塗……這些年日子不好過，所以就想著在年前多賺點，給孩子買兩件衣服。」小王氏哭著說道：「我們做錯了，以後再也不會了，村長，各位你們……」

柳好好到的時候，就見到小王氏哭得梨花帶雨的。

「村長，這是找到了啊。」

「對，妳看怎麼辦？」

柳好好安靜著。見她這樣，大家都屏住呼吸，生怕她一怒之下不再做切糖了，到時候怎麼辦？

「村長，之前既然定下了規矩，那就不能不遵守。」柳好好認真地看著村長，下面的話也不說了。

村長點點頭。「土根，規矩大家都知道，你一而再地犯錯，實在是太過分了。這樣吧，這個就別想著，切糖你不用賣了。」

「啊，不，村長我真的只是一時糊塗啊！」

「是啊，不能這樣啊，真的不能這樣啊，這讓我們怎麼活啊！」

然而，他們再怎麼懇求，村長也沒有同意。有的人心軟，見他們這樣自然不忍，但是想著他們做的事情，也硬起了心腸。

村長嚴肅地看著所有人。「不是我心狠，有一就有二，我不希望有其他人抱著這樣僥倖的心。」

眾人看著土根夫妻哭哭啼啼的模樣，旁邊的兩個孩子抓著他們的腿，立刻點頭表示知道。

等到眾人離開之後，村長搖搖頭，又說了幾句話，柳好好才離開。

柳文遠疑惑地看著她。「姐，妳不是說要村裡人都參與進來嗎？那個計劃書也寫好了，怎麼剛剛不和村長說呢？」

「暫時先別說，馬上就要過年了，事情多著呢。而且發生了這件事，也得給大家一個警鐘，不然他們是不會在意的。」

柳文遠點點頭，覺得也對。

俗話說得好，過了臘八就是年，村裡人開始三三兩兩地去鎮上或縣城採買過年的東西。畢竟是新年，所以新衣服、新鞋子，女兒家有錢的買兩朵絹花，沒錢的買兩根紅繩，剛出生的小娃娃買幾個肚兜或者一雙虎頭鞋。

家家戶戶開始置辦過年的東西，從吃的穿的用的，這種愉悅的氣氛，整個村子都能感覺到，不需要摳摳索索地計算著過年的花費，真是太好了！

柳好好帶著弟弟在鳳城縣置辦年貨，一人一根糖葫蘆正吃著呢，卻被人噁心到了。

「柳文遠，你這個鄉巴佬也想在書院裡逞威風，也不看看自己的能耐，告訴你——」

「告訴他什麼？」

忽然，一個冷漠帶著點傲氣的聲音傳來。還在說話的田齋長看著緩緩走來的人，臉色更加難看了。

「怎麼，田齋長連在書院外面都要訓斥新人，這齋長做得的確是盡職盡責。」戴榮冷著臉說道。

田齋長的臉色不是很好看，好在一邊的柳得銀低聲說道：「齋長，我們還有要事，若是讓那些友人等著，似乎不好。」

「哼，今天我有事，不和你們在這裡廢話！」

說著，他甩了甩衣袖離開，柳得銀對著戴榮點點頭，跟著離開。

雖然戴榮的身分高貴，但是他看出來了，對方對柳文遠是非常看重的，自己何苦討個沒趣？還不如跟在田齋長的後面，說不定還能得到夫子青睞。但他又不想得罪戴榮，所以臨走之前也露出一個討好的笑容，看得柳好好姐弟倆是目瞪口呆的。

真是不要臉至極。

等到他們離開之後，戴榮突然轉身，冷冷看著柳文遠……手中的糖葫蘆，抿唇不語。

柳好好還以為對方有什麼想法呢，警惕地看過去，引起戴榮的注意。

「你想幹什麼？」

只見戴榮疑惑地問道：「這個好吃嗎？」

於是，這位戴少爺手中也多了一個糖葫蘆。柳好好無奈地看著他，小聲地問柳文遠。

「這個人怎麼回事？」

柳文遠搖搖頭。「不知道。」

然後他們兩個就扭頭看過去，戴榮倒是一臉無所謂。

「看什麼看，本少爺今天出手相幫，一個糖葫蘆還如此念念不捨！」說著，戴榮就更嫌棄他們了。「被人說成這樣，一句話都不知道回嗎？真是無用。」

又看著定安和明德手中的東西，直接伸手從明德手中接過一份點心。「剛才說什麼你要巴結人，在書院裡面除了我戴榮，還有誰能幫你？既然是給我的，我帶走了！」

然後就這麼離開了，一句話都沒有給柳好好和柳文遠說，看得姐弟倆莫名其妙。

臘月三十，除夕。今天要來一個清蒸的鱸魚，意味著蒸蒸日上，年年有餘，然後一道如意雞，象徵著如意吉祥；一道炒年糕，年年高。叉燒肉、竹筍排骨湯、薺菜肉丸、滷花生、八寶飯、麻婆豆腐、韭菜盒子……一共十道菜，寓意十全十美。

柳好好讓人把菜端上去，看著自己的成果，嘿嘿，不是很好看，但是聞著味道香，一定是不錯的。「今天咱們不分主僕，年三十熱鬧熱鬧！我還是那句話，你們若是忠心，咱們就是一家人。」

「欸，明白的，東家。」

柳好好從房間裡拿出兩瓶酒來。「今天咱們什麼也不說，就開開心心過節。這一年過去了，明年會更好！」

「對！」大家都覺得這句話是最吉利的話了。「一年比一年好！」

春娘趕緊站起身把酒接過來，然後給大家滿上。

柳好好幾杯酒下肚，整個人有些暈暈乎乎的，原本就是開朗的性格，自然更沒了拘束。

「娘，女兒以後一定讓妳過上好日子，最好的、讓人羨慕的！」她忽然站起來，端著酒杯看著柳李氏。「所以啊，咱們以後的好日子多著呢，您就不要再想以前了，不要想其他人了！」

「好，好，好。」柳李氏一連說了三個好，可見此時的心情波動。她眼圈一紅，趕緊擦掉。「今天是高興的，娘看著你們姐弟倆現在過得好，心裡開心。以後啊我這女兒定然富甲一方，我這兒子也一定會金榜題名，所以在咱們柳家村，不，甚至是鳳城縣內，我李美麗也會是無數人羡慕的對象。我好著呢，幹麼要想以前，娘這是高興！」

「娘！」

柳文遠也站起來。這幾個月，他在書院裡面學得了許多，雖然臉蛋還是稚氣，但是怯懦的模樣卻沒了。「娘，文遠也敬妳。」

如此熱熱鬧鬧的一個新年，和剛來的時候簡直有如天差地別。

可新的一年新氣象，有人歡喜有人憂。

柳大郎一家為了柳得銀來年的束脩在家鬧得不可開交，若是以前自然會過來找碴，但是現在，他們不敢。

就在這樣熱熱鬧鬧當中，度過了元宵節，迎來了春天。

不知道什麼時候開始，土地不再是那麼冰冷，枯黃的小草下竟然鑽出來點點嫩綠，放眼望去，就像是整個大地覆蓋了一層淡綠色的煙霧，十分好看。

「明天又要送你去書院了，小子好好讀書啊！」

「知道了。」

這個年是他有記憶以來最好的一個年了。柳文遠笑咪咪的，看著已經換上和自己同款灰色衣服的姐姐，無奈地搖搖頭。「放心吧，書院裡的人可好啦。我初五還去拜訪了幾個夫子，他們都非常喜歡我們家的切糖和紅糖年糕。」

柳好好驕傲地點點頭。沒有什麼是食物搞不定的，一份不夠，那就兩份！

送走了柳文遠，她想做生意的模式可以準備改一改了，所以在明媚的春光中，拿著自己的計劃書來到村長家。

「妳是說……在咱們村子弄一個大型的作坊？」

「嗯。」柳好好笑了起來。「村長爺爺，這有兩個方式。第一種我出資蓋大作坊，然後僱大家來幹活。第二種是大家一起出資一起幹活，到時候我們分紅。」

村長來了興趣，當然更多的是心動。「妳說說。」

柳好好就把自己的計劃詳細和村長說了起來，然後笑咪咪看著村長因為激動而泛紅的臉。村長的年紀其實也才五十來歲，但是因為操勞，頭髮也好、鬍子也好都有些發白了，看上去比實際年齡大很多。

現在，這個老人竟然露出這樣的表情來，實在是太激動了。

「好啊，真的很好啊！」

「村長，您老可是火眼金睛，這可是關係到整個村子的事情，您可不能隨便讓什麼人都參與進來。」想到那個犯錯的土根，柳好好就覺得頭疼。若是這樣的人進了作坊，到時候肯定會出事。

「那肯定的。」村長自然知道柳好好在擔心什麼，想了想便拍著大腿說道：「好好，這樣吧，咱們先湊錢建造作坊，每個人五兩銀子。這些人咱們就分紅，其他的以後咱們就招進來給工錢，怎麼樣？」

「行。」柳好好也同意。「您也知道我年紀小，不服眾，這事以後還得您多操勞。這個都算在裡面，到時候錢都會算得清清楚楚的。」

就好比自己開公司，請來了一個職業經理人，給工資的！

「行！」

果然，就像他們之前預料的一樣，一聽到要拿錢出來的時候，很多人都不願意，只有村長的三個兒子、柳大力家、李戶家、三叔公的兒子柳子期家、七叔公家，還有讓人意想不到的柳春。

這麼一算，除去柳好好一家只有八家。看來對於拿出五兩銀子的做法，大家都不是很願意，也捨不得。

村長皺皺眉，好在自家的幾個兒子捨得，目光也長遠。雖然五兩不是小數目。

第三十七章

「各位，做什麼都有風險，我們可能會賺大錢，當然也有可能會一無所有……」

這句話說出來，有些人的臉色變了變。柳好好不動聲色地觀察他們，見他們雖然臉色難看，卻沒有提出其他的意見。

這時，柳一龍嘿嘿笑了起來。「好好啊，咱們既然來了，自然是明白其中的利害關係了。不就五兩銀子嗎？咱就當之前沒賺到不就行了，大不了以後我多跑兩趟，多賣點切糖，不就賺回來了？」

柳好好笑了起來，其他人一聽也沒有什麼意見，點點頭。「對，咱們不能這樣，還沒有遇到什麼就害怕了。」

「對，是這個理。」

柳好好見他們已經下定決心了，開始把自己的計劃說清楚，包括大家參股後怎麼分配。

「好好是說，咱們每家一成的分紅？」

「嗯。」一家一成，她兩成。其實自己並不划算，但是她也不計較這麼多。「等到弄好了之後，村長負責管理，咱們要給工錢。分紅的事情必須是把所有工人的錢去掉之後再平分。如果你們在裡面做活，也有一份工資，若是不願意就沒有……」

柳好好又把所有事項給說清楚了，特別是怎麼分配這個錢。

「行，就按照妳說的。」

雖然不大明白，但是幾人總覺得這樣是沒有錯的。他們只拿了五兩銀子出來，其他的可都是好好在負責呢，到時候她是最累的，而且怎麼做糖也是好好的方子，兩成已經少了，所以還有什麼好說的！

柳好好乾脆和大家簽訂了協議書，所有人畫押。這一刻他們不再是分開的，而是一個整體，他們要為了美好的未來奮鬥。

柳好好知道，這件事必須儘快，切糖的生意在夏天其實並不好做，若是可以開發出其他容易保存的小吃，才是長久之道。

當她把作坊需要的東西吩咐下去之後，大家立刻動了起來，然後整個柳家村也漸漸地熱鬧起來。

這種作坊不需要太大，但是為了能夠提高生產，大鍋什麼的工具要增加，而她也正好把自己後院的東西全部搬出來。

「村長，就這麼弄，您德高望重的，這些就交給你負責了。」

得到村長的保證，柳好好放心了。現在天氣漸漸轉暖，她的主要任務可是在苗木上，可不能弄錯了主次。

而且她也想著，等到作坊真的弄起來，只要正常運轉，她就把手中的兩成轉交給村長。

畢竟，和村子裡的人合作，其實她並沒有多少把握。

山上，有些樹已經開始冒尖了，她輕柔撫摸著這些小樹苗，心情十分愉悅。

接著，柳好好又馬不停蹄往縣城跑，因為趙掌櫃說了，有幾家富戶想要蓋房子，自然是需要花木的，若是能夠談下來的話便是一筆大生意。

「趙叔。」

柳好好來到趙掌櫃的鋪子時，見到他的臉色好了很多，笑道：「看來趙叔的身體好了很多啊，真要恭喜一下。」

「妳倒是會說話。」

「嘿嘿。」柳好好笑了笑。「我說的可是實話啊，身體好才是真的好啊，這不人精神很多，都顯得年輕了。」

趙掌櫃聽她這麼說，心中一動。「真的年輕啊……」

柳好好笑了起來。趙叔突然間在意起自己的年齡來，是有什麼想法啊？

「趙叔啊，您可年輕了，又有本事，不然怎麼會知道這麼大的消息呢。」

「我可和妳說啊，這王家的在城西蓋了一個別院，而李家的那位是要修繕他們家的後花園，妳明白這些都需要大量花草……不過王家李家是咱們縣城數一數二的大戶，他們不僅僅要的是好看，還要的是獨一無二。」

「我明白。」簡單說就是需要設計不同風格啊，她懂。

以前自己是培育花草的，但是對於花草妝點也是非常在意的，甚至還自學了一些關於園林風格的書，就是為了擴展見識。

只是一些皮毛，也不知道能不能派上用場。

「妳明白就好，我給妳把這兩位約出來，能不能成就看妳的本事了。」趙掌櫃看了一眼柳好好。「說實話，妳太小了。」

柳好好哭笑不得，知道自己的年齡是個問題，但也沒有太在意。「所以啊，讓趙叔您出面啊！」

「我？」

「對，我就是您的幫手，到時候您出面，其他的我來做就好了。」柳好好笑了笑。「分紅就按照我們之前約定的，您看如何？」

「行，那趙叔就要好好地看看妳的本事了啊，還指望著妳多賺錢呢。」趙掌櫃笑了起來。這孩子總是讓人喜歡啊。

不得不說，趙掌櫃的辦事能力很強，下午就約了那位王員外。

他一進門，就有些不高興地道：「我說老趙啊，你怎麼還不死心呢？你知道的家裡那位總覺得王城那邊的弄得好，非要我給弄個小院子。」

趙掌櫃笑著站起來。「對啊，所以咱們商量商量，怎麼樣才能讓你家那位滿意啊。你啊，也別瞧不起咱們縣城的人，我今天就厚著臉皮說最後一次，你把家裡的院落圖給我，我讓人給你看看，到時候弄得好，讓你家那位滿意了，咱們就繼續談。真的看不上的話，我絕對不會再浪費你時間，怎麼樣？」

「欸，你這是……這不是讓我為難嗎？」

趙掌櫃只道：「別這樣啊，你想咱們這邊的東西便宜又好，要是能夠讓你家的那位高興，你又省點錢，有什麼不好的呢？畢竟咱們的錢也是辛辛苦苦掙來的。」

這句話倒是說到了王員外的心坎上。他已經四十多歲了，娶個十幾歲的美嬌娘自然是捧著護著，可是比起自己掙到的錢，也是會心疼的。

他猶豫了一下，然後點點頭。「行，這個圖我讓人給你送過去。」

果然不久，王員外就把家裡的別院設計圖紙給送了過來，明顯有幾處是需要大量的花草樹木。不過，既然是養小妾的，那就要好好地設計一下。

女人心思敏感，喜歡美的東西，最好是在她能夠看見的地方做出最美的東西。

這裡種植一片梅花，來一個梅園之稱，又文藝又漂亮；然後旁邊一圈三月桃花，想想都覺得美……在這個地方最好留一個假山池塘，裡面栽上蓮花……

柳好好在紙上寫寫畫畫，然後發現自己寫得簡直就是……不堪入目。

悲痛的她無奈之後悄悄地跑到書院。

自家弟弟絕對可以幫助自己的！

「你幹麼？」

一個不悅的聲音傳來，柳好好抬頭就見到戴榮一臉不悅地看著自己，真像是做賊被發現似的，好尷尬啊。

「那個……那個，我找我弟。」

「嗯。」

戴榮依然是倨傲地抬著下巴，模樣非常欠揍，不過為什麼不走啊？她想要去找文遠都不行。

見對方不說話，戴榮皺眉。「什麼事？」

「那個……」柳好好不知道怎麼回事，總覺得這個小子的心情不是很美麗，一下子被問住了。「我寫字不好看，也不會畫畫，就想讓文遠幫幫我。」

戴榮這才發現她手上拿著的紙，毫不猶豫地抽過來，一打開，整個人的臉色都變了。這何止是不好看，簡直就是……狗爬字。

他嫌棄地扔回去。「我來。」

「啊？」

「怎麼，不行？我字畫難不成還不如那小子？」戴榮一臉「你敢說是就死定了」的表情盯著她。

柳好好趕緊擺手。「怎麼會！」

「那還等什麼，要寫什麼要畫什麼趕緊說！」

「那就麻煩了……」

她試探地問了一聲，就見他迅速轉身，走了兩步又回頭，見到柳好好跟在後面，便又抬著下巴往前走。

被這樣傲嬌的人弄得莫名其妙，不過能夠不打擾自家弟弟還是不錯的，所以柳好好開心地跟上去。

「這裡，我要重新畫……這邊我要畫梅花，你給我寫一下。」柳好好不停地說著，戴榮邊寫邊畫，按照柳好好的要求詳細地標注出來。

「好了，你真厲害。對了，反正你也幫忙了，順便幫我畫一幅畫吧！」

戴榮看著她一臉理所當然的模樣，真心要崩潰了！他以為這個傢伙最多就是寫幾個字、畫一點東西，誰知道竟然畫了這麼多，現在還要！太過分了！他只是一個熱心腸的好學生，不是專業的賣書畫的！

「兩個時辰。」

「啊？」

「午時已過，你就讓我站在這裡幫你畫畫？」

柳好好想了想，有些不好意思。「那行，我先回去，下午過來拿。」

戴榮的臉瞬間就黑了。他幹了這麼多的活，不但不請吃飯，連一聲謝謝都不說，還好意思這麼多要求！

大概是怨氣太明顯了，柳好好收拾東西的手頓了一下，抬頭就見某人的目光都快要變成刀子了，一臉控訴，才知道自己有多渣。

「那個……不介意的話一起吃？」

「哼，我不想吃糖葫蘆。」

柳好好的嘴角微不可察地抽了一下，然後有些諂媚地道：「哪能吃糖葫蘆啊，您今天可是幫我大忙了，走，咱們去吃炕燒餅……不想吃啊？」

柳好好也覺得自己請對方吃這個不大好，但是她身上的錢真的不多，什麼都要花錢，只能省一省了。

「那個……要不我做點吃的給你？」

「哼，你會？」

「當然，你等著。」柳好好就要跑出去，結果跑幾步又回來了。「這邊有廚房嗎？」

好蠢！柳文遠怎麼會有這麼蠢的兄長，真的是一家人嗎？

「那邊！」戴榮真的是被氣死了。

好不容易，飯也煮了，這才安撫了戴榮。

戴榮的畫在兩天後完成了，她驚訝地看著那幅園林圖，他按照自己的要求畫得唯妙唯肖，讓人愛不釋手。

柳好好覺得戴榮畫得非常完美，興沖沖地帶著圖去找趙掌櫃。果然，他也被畫上的園林給震驚了。

「好好，這是妳想的？」

「當然啊，那位夫人不是想要獨一無二嗎？我就想著女人的心總是細膩，喜歡美的東西，所以花用得多。」

「嗯，挺好的。」

王員外因為給小妾蓋別院，家裡就鬧得不可開交，若是再花大量金銀，只怕會更麻煩。這種園林漂亮中帶著女兒家的柔和，估計很適合他們家的那位。

「這樣大概多少錢？」

「我算了算，如果都用普通的苗木，也就一百八十兩銀子這樣。」

「一百八十兩？」趙掌櫃想了想。「提到三百兩。」

第三十八章

「啊？」做生意難道不是應該便宜點嗎？怎麼還要提高價錢？

趙掌櫃見她一臉呆滯的模樣，笑了起來。「這是不知道啊，三百兩說低也不低，高也不高，對王員外這樣的人反而讓他不喜，知道嗎？」

「原來如此，還是趙叔會做生意。」

「咱們做生意也要看對象，不過就像妳說的，說是三百兩，裡面的苗木就要換換了。」

「我明白的，剛才我的預算是最普通的那種，若是這個價錢，自然需要換一換了。」

品質才能保證口碑，有好的口碑才能走得更遠，這她是非常明白的。而且她也計算了手中的花苗，這樣的院子再來幾個都是可以的。

果然，王員外把這個圖給自己小妾看一眼，對方立刻就喜歡上了，關於什麼皇城那邊的更好看，不存在的，要的就是這個！

柳好好還仔細把每一個地方為什麼用這樣的花說得有理有據。

「這邊用杏樹，您知道杏樹可以長到二層樓高，春天的時候站在窗邊，正好可以看見潔白如雲的杏花；白色純潔，想來您的夫人肯定是非常喜歡的，而且等到掛果的時候，也別有一番趣味呢！對了，我們這苗木還承包三年，三年內若是有苗木死亡的話，我們會給您免費換樹苗。」柳好好笑咪咪道：「還有病蟲害、施肥的，只要你們有需求，我們就會派人上門，當然上門費還是需要的。」

王員外完全不知道還有這樣的操作，整個人驚呆了，半晌才反應。「果然是人才，眼界就是高啊！」他笑著看著站在那裡的柳好好。「小小年紀能夠做到這個，不錯、不錯，後生可畏啊。」

「王員外，您看別院現在已經設計得差不多了，苗木也可以開始動工了。」柳好好態度十分好。「您若是沒有意見的話，咱們可以簽一份契約。這份契約上會寫明這次交易的金額，包括我們提供的花苗種類、數量、年分，以及大概完成的時間，包括違約時的賠償。」

「哦，這倒是非常的新奇啊。」

王員外覺得自己真的是被刷新了生意經，這種契約簽出來其實對賣家並沒有什麼好處啊，畢竟大家都是口頭約定，早一點晚一點，或者用三年分的樹苗替換四年分的，都是正常的。何況還有什麼三年包活，這些都有些苛刻了。

「我這不是想要做長久生意嗎？自然服務一定要到位啊。」

柳好好知道這個時代的人不知道什麼叫做售後服務，也不知道什麼叫做合約，可她願意做第一人。哪怕現在的律法之中並沒有關於買賣合約的說法，她也要堅持。

「真是不錯，有你這樣的，我挺放心。」王員外很滿意地點頭。「但是你覺得按照你的計劃，多久能夠弄好？」

柳好好沈吟。「最多三個月，如果超過這個時間，我願意在原本的價格上降低一成。」三百兩，一成便是去掉三十兩，對於王員外來說其實並不重要，卻代表著柳好好的誠意。

「小子，你叫什麼名字？」

「柳文近，小名……好好，柳好好。」

「挺不錯的，文近啊，你這小子有前途啊！」

於是在趙掌櫃的見證下，王員外爽快地把這個所謂的契約簽了下來，兩個人還分別按了指印，一式三份。那多出來的一份，柳好好決定放在趙掌櫃這裡。

「給我收著？」

「您是見證人啊。」柳好好笑得開心。「當然您收著了。」

趙掌櫃點點頭，心想孩子這麼做絕對是因為信任自己，所以也沒有拒絕，乾脆地點頭。

「那行，我給妳收著。」

「至於李老闆家的，暫時我不想接。」柳好好何嘗不想把這個案子也接到手，但是她知道過猶不及，這個別院看上去不大，但是自己手上的人也不多，肯定要親力親為，到時候忙不過來的話，想要立身的想法就要落空了。「不能太著急了，我想慢慢來。」

「行啊，妳自己看著辦，反正妳是一個有主意的。」趙掌櫃看得出來這個孩子是有遠見的，也沒有反駁，放手讓她自己去做。

帶著第一單生意的契約，柳好好覺得自己開心得都要飛起來了，一定要回去和家裡人好好地說一說，報個喜。

既然已經定下來了，她二話不說就開始準備，迅速投入進去。

「東家，茶花苗送過來了，已經安排人種下去了。」定安最近也很忙，但是那雙眼睛卻十分的亮。「這是帳本，裡面多少棵都記下來了。還有每一種苗的價錢以及人工……」

柳好好接過小帳本，雖然上面的字很醜，甚至有些錯別字什麼的，但記錄得確實非常清楚，柳好好看了一眼，覺得定安是個小能手啊。

「幹得不錯。你去看著點，花苗栽上之後好好地養護，知道嗎？這些東西栽下去可不是就算了。」

「明白的東家，我知道的，已經吩咐好了。」

定安顯然是個細心的，把該做的要做的都做好了，讓她非常欣賞。

「不錯，挺好的。」

就這樣忙活著，一個多月之後，王家花園的大概樣子已經出來了。因為她的苗木存活率特別高，雖然才一個月，花園已經有了顏色。

如今柳好好得空閒時，又開始在自己的苗圃忙碌著，畢竟院子不是一天兩天就能弄好的，現在主體已經差不多，她便輕鬆很多。

「好好啊，又上山嗎？」

「我去苗圃轉轉，看看長得怎麼樣。」

「妳啊，就喜歡擺弄這些花花草草。對了，前段時間妳柳春叔好像從山上挖了幾棵蘭花回來，看那樣子是想給妳留著的。」

柳大力笑咪咪地說著。春天山上的東西可多了，他現在的生意已經做起來了，這一塊就是自己和大虎在負責，而小劉氏和二虎則是在作坊裡面幹活，一家人都能賺錢了，準備蓋房子的計劃又前進了一步。

「是嗎？我這段時間都沒有看到柳春叔呢，沒想到柳春叔這麼好。」柳好好笑了起來，揹著竹簍就上山，一棵一棵樹地檢查，看著長勢還算不錯的苗木，心情很好。

三月底，她決定培育一些花，比如月季、玫瑰、茶花、牡丹、芍藥……然後可以嫁接一些海棠、桃樹什麼的。

她是個行動能力很強的，既然想要做，那就要做得最好。所以她開始尋找一些樹苗，然後圈出來給自己培育用。

「東家，這些是不能動的對吧？」

「嗯，你們好好看著。」柳好好小心翼翼在一棵桃樹上切出一個口子，然後把已經準備好的樹枝給放進去，然後又仔細綁好。為了保證更好，她甚至放了點泥土包起來。

「好好，這是幹什麼呢？」村長走過來，看著她這麼做，有些不理解。「這樣把兩種不同的樹放在一起，不會有事嗎？」

「沒事的，村長爺爺，這種辦法是我上次去縣城和別人學的，可以讓花長得更好。這桃樹啊現在主要還是結果子，但是我想讓桃樹開花更多、更好看呢！」

「這麼厲害？」

柳好好笑了笑，然後把另外一支切好的丫枝給塞進去，心滿意足地拍拍手。

昨天，她剛好從山上找到幾株野桃樹和山桃的枝，便帶回來了，今天正好可以用上，就是不知道這兩種樹嫁接到一起會怎麼樣？

「真有本事啊。」村長雖然不知道這是什麼理論，但是好好至今做的事情就沒有錯的，便也不再說什麼了。「妳不去看看作坊？」

「有村長爺爺在呢，我就不去啦。再說了，我這個樣子去有什麼用啊，那麼多的人聽我一個小傢伙的，他們也不開心是不是？我可不能動不動指手畫腳的。」

村長呵呵笑了起來，也沒有反對。「妳這個小東西倒是聰明，害得我這個老人家跑斷了腿。」

「哪兒，村長爺爺，咱們村現在越過越好，您難道不開心嗎？」

村長摸著鬍子，哈哈大笑起來，看著柳好好小心翼翼地把幾株月季的枝給壓到土裡，還特地用石塊壓住。「不過上次去邊城的人回來說，那邊竟然也有人開始賣切糖了，雖然沒有我們的好吃，但是價格很低。」

柳好好一聽，也沒有什麼意外。「其實很簡單啊，這些切糖的工又不複雜，只要稍微用點心，自然會做得出來。」

「那咱們以後……」

「需求量大著呢，您也別擔心。不過咱們也的確可以好好想想，能不能做點其他的。」

柳好好拍了拍手上的泥巴，看著自己的苗圃，愉悅極了。

「怎麼著，妳還有其他的點子？」

「村長爺爺，我就琢磨著咱們這個作坊不能只做一種，不然遲早生意會冷淡下來，這不就在縣城看到其他一些好吃的，稍微改一改，試看看能不能賣出去。村長爺爺，您看能不能幫我收點雞蛋、鴨蛋什麼的。」柳好好笑起來。「我也不是想吃，就是聽說北邊有人把雞蛋和鴨蛋做成非常好吃的東西，我想試一試。」

「行，我記下來了。」

「爺爺放心，我不會白拿的，雞蛋一文錢一個，鴨蛋兩文錢一個，您看這個價錢怎麼樣？」

她笑了笑，鹹鴨蛋什麼的真是人間美味啊，對了，還有皮蛋，她只是聽說過卻不知道怎麼做，試驗一下也是可以的。

只是隨著時間推移，要做的東西越來越多，她覺得這樣管帳也不是很好，看來有時間得找一個帳房回來了。

這一批的花木該剪枝的剪枝，該嫁接的嫁接，剩下的便是好好地養護了。

春娘把手絹遞過來，等到她把手擦乾淨了才道：「東家，定安回來了，說縣城那邊要完成了，讓您過去看看。」

「是嗎？做得不錯。」柳好好見春娘笑得開懷，倒是開起玩笑來。「這麼高興？」

第三十九章

「那當然啊，定安能幹活就得到了東家的誇獎，那只要我們好好幹活的話，東家肯定也不會虧待我的。」春娘笑咪咪的，那雙眼睛彎彎的，說實話長得還算不錯。

「行啊，等再過兩年妳若是看上誰了，東家給妳包嫁妝。」

此言一出，春娘的臉瞬間紅了。「東家，春娘暫時還不想這個，就想著跟著東家好好幹活。」

「行，好好幹活，這個就算是獎勵了。」

柳好好覺得自己大方點肯定是沒有錯了，也不在意，吩咐人把這一片好好照顧著，就馬不停蹄往縣城趕去。

「好好，不在家吃飯了？」

「不了，那邊的活很快就好了，我先去看看。」

「妳啊！」柳李氏心疼極了。這個孩子還沒有長出多少肉呢，竟然又瘦下去了。好在吃得好，臉色倒不是很差，做娘的看著孩子這麼認真，除了每天變著花樣做飯之外，也只能仔細安排好她的生活。

「雖然天氣已經轉暖了，但是也別貪涼，容易生病知道嗎？」

「明白的。」
「這次去大概幾天啊？」
「這一來一回大概四、五天吧。」
「妳這孩子，別太急了，以後若是經常往縣城跑的話，乾脆就租個小房子，也比住客棧好啊。」柳李氏說著，還吩咐二丫把做好的乾糧裝起來。
「娘，我知道的，別擔心，這個很快就結束了，我也能休息一段時間。」
「那就好。」
王員外的園子已經蓋得差不多，所有的苗木都栽上了，早一批的也已經抽芽，看上去鬱鬱蔥蔥的，多了幾分情趣。
「不錯。」王員外雖然不懂花草，但是看著這麼快就生根發芽，自然也知道是好東西，不吝嗇誇獎。
「多謝王員外。您放心，我做生意絕對是最實誠的，不會有一點點虛假。」柳好好恨不得拍胸口。「其實啊花花草草什麼的，除了好看，對身體也好呢！您說聞著花香是不是覺得頭腦都清醒點，心情也好很多？」
「你這麼說，還真的有點。」王員外沒有想到竟然還有這些說法。
「很多人也喜歡買點花花草草放在家裡啊，比如蘭花之類的。」
「那倒是，我們也準備買點。」說到這裡，王員外突然笑了起來。「你這小子，怎麼，在這裡等我呢？」

「哪敢，我這不是手上有些品相不錯的，適合擺放在家裡，嘿嘿。」

「行啊，我倒要看看你的不錯到底怎麼不錯，要是讓我滿意，我就直接買了。」王員外笑得眼睛都瞇起來了。「小傢伙腦袋倒是挺聰明的。」

「還是王員外照顧我生意呢。」柳好好心裡都興奮得要打滾了，臉上卻依然繃著。

她手中的花苗還有不少，除了一部分被她拿過來繁殖之外，其他的當然是想要賣出去了。現在只要能夠讓王員外滿意，自然又可以賺一筆。

「東家，妳太厲害了！不過咱們家的花草長得的確好啊！」

定安笑了笑。這兩天接的單子大，至於放在趙掌櫃店鋪的零散花草也賣了不少。

「這麼說趙掌櫃那邊也不錯？」

「是啊，挺好的，好多人都是互相介紹的，咱們送過來的賣得是最好的。」定安信心十足地道，畢竟他也過去看著，自然見到很多人對他們家的花草評價非常高。

誰讓那些花草長得好呢！她笑了笑，帶著定安就往趙掌櫃的鋪子過去。

一進去，就看到有好幾個人正在挑選，看樣子對幾盆牡丹很感興趣。

「這是牡丹啊？」

「對的，那邊的是芍藥。」

趙掌櫃笑呵呵說道，看到他們進來的時候，笑著點點頭就算是招呼了，然後轉頭又對這幾人介紹起來。

「客官，你們若是想要味道比較清雅點的，我給你介紹一下這個劍蘭，簡單好養活，而且好看、味道香。你們若是想要那種花朵大的，牡丹、芍藥、茶花、杜鵑……這些都是不錯的選擇。對了，我這裡還有一盆剛剛送來的曇花，不知道各位有沒有興趣？」

「不錯。我聽說牡丹的品種也有不少啊。」

面前的牡丹有的已經打了花苞，紅色的、白色的，應有盡有。

「當然。這種看著不是很豔麗，就像是豆蔻年華的少女，叫遲蘭。」柳好好走過去，笑了笑。「這邊的還沒有長出來，花朵卻是兩種顏色，如同不分上下的美女，稱作二喬。至於這種是綠色的，叫豆綠。還有這種會開出火紅火紅的花，稱作朝陽。」她介紹詳細，眼中都是神采。「當然，若是你們不喜歡這些的話，其實牡丹還有其他品種，只是店面小了點，沒有全部擺上來，真是抱歉。」

果然不一會兒，她就賣出好幾盆。

「幹得不錯啊，不過也是妳這花長得好。」趙掌櫃笑得開懷。「以前我說長春養花不錯，沒想到妳更厲害啊，小小年紀有這樣的本事，就算不做這個生意，到時候隨便去有錢人家當個花師也是不錯的。」

柳好好笑咪咪的。「幸虧長春叔給我的苗多，不然還真的應付不來。」

「長春的樹苗自然是好的，不過我總覺得到妳手之後長得更好了，特別是那些葉子似乎更綠了，就是不知道花怎麼樣？」

她對於植物的親近自然不是假的，既然長得好，花肯定開得也漂亮，這一點信心還是有的。

「當然好啦！」

「不過妳也不能只守著長春給妳的一畝三分地，還是要多弄點花苗回來，最好是不常見的。」趙掌櫃是真心喜歡這個有本事的小丫頭，自然也就多囑咐幾句。

「當然，我有想法的。上次參加比賽我就認識了幾個一樣養花草的，在江南。我準備有時間就去看看，看能不能買點稀有品種回來。」

「好，我也就不囉嗦了。對了，妳娘最近還好嘛？看妳這樣一忙好些時日不回去，肯定會擔心吧？」趙掌櫃狀似無意地問道。

柳好好斜著眼睛看了他一眼，笑了笑。

趙掌櫃自己也有些尷尬，總覺得被這個小妮子看出來似的，不過做生意的裝模作樣的本事還是有的，自然也抓不出破綻。

「嗯，的確挺擔心的，不過沒辦法，我想多賺錢只能這樣了。」

趙掌櫃點點頭。「妳為什麼不把妳娘接到縣城來生活？」

到時候他可以和柳李氏多見見面，也許對方會對他有好印象……

「叔，我娘來了，我也沒有辦法陪她啊。再說我娘這一輩子都在柳家村，早就習慣了那邊的生活，肯定不樂意的。」

趙掌櫃一聽，有些尷尬地笑了笑，心裡卻有些遺憾。他這個鋪子在縣城，一輩子的成果都在這裡，自然也是捨不得離開的。

「對了。」說著，他從櫃檯下面拿出一封信來遞過去。「妳的信。」

「我的？」柳好好有些詫異，低頭一看那熟悉的字，竟然是宮翎寄來的。

說不出來什麼感覺，沒想到宮翎竟然還記得她。

「見信安好。年前蠻夷入侵，吾跟著將軍衝鋒陷陣，如今已經當上總兵。沙場馳騁才明白何謂鴻鵠之志，心境也豁然開朗，便想與爾分享……糖很好，吾甚歡喜，多謝！」

「怎麼笑得這麼開心，是好朋友？」趙掌櫃看著柳好好眼中的笑意，打趣問道。

「嗯，是一個……很好的朋友。」

宮翎甩了甩劍上的血花，俐落地把劍收回來，他臉上早已經沒有了十來歲的稚氣，反而是凌冽的寒意。

那雙黑色的眸子裡冰冷如刀，讓人不寒而慄。

這時，旁邊走來一個身穿銀色鎧甲、戴著頭盔的年輕男子，手上是滴血的長刀，身上也沾滿血污，走到他身邊，伸出手拍了拍他的肩膀。

「小子，做得不錯。」

宮翎淡淡看了一眼，轉身就要走。

「這小子，真是臭脾氣！」年輕男子無所謂地笑了笑，又厚著臉皮跟上去。「我說小子，之前那些吃的呢？可不能吃獨食啊，這習慣不好。在軍營裡面大家都是兄弟，除了婆娘不能分享之外，其他的都要分享懂不懂？」

宮翎連一個眼神都沒有給，迅速回去。

「村長爺爺，給您看一個好東西。」這天，柳好好把煮好的鹹鴨蛋端上來，而村長一家有些好奇，左看看右看看，沒覺得有什麼不一樣的啊？

「這不就是鴨蛋？」

「不，這不是簡單的鴨蛋，這是……鹹鴨蛋！」說來說去不還是鴨蛋。眾人盯著那幾個鴨蛋，一臉的糾結，真的不知道好好為什麼要這樣強調。

柳好好也有些無奈，覺得自己這樣解釋有些不對勁，想了想，拿起刀來。「你們看好了，見證奇蹟的時候到了！」知道自己說不清楚，她一刀子下去，眾人就見到黃色的液體流出來了，散發出一股讓人蠢蠢欲動的香味。

柳文遠瞪圓了眼睛，不敢置信地看著剖開的鹹鴨蛋；蛋白很白，但蛋黃卻是變得黃稠稠的，還流出了像油一樣的東西，看上去就非常好吃。

「嘗嘗。」

她一口氣切開了五個，眾人放到嘴裡，一開始並沒有覺得什麼，可當他們吃到蛋黃的時候，簡直不敢相信。這沙沙的、又軟又香的蛋黃真的是鴨蛋嗎？怎麼這麼神奇，真是太好吃了！

「好吃嗎？」

「好吃！」

柳文遠點頭，其他人也點頭，特別是村長的幾個小孫子更是恨不得把蛋殼給舔一舔，簡直不要太好吃了。

「村長爺爺，您覺得能賣出去嗎？」

「當然能！」村長拍了下桌子，別說現在，就算是以前吃到這麼好吃的，也絕對要買兩個嘗嘗，誰讓這鴨蛋這麼好吃呢！

「那就好。」柳好好笑了起來。「但村子裡的雞蛋鴨蛋太少了，那些出去走貨的可以讓他們收購雞蛋鴨蛋回來，都是兩文錢一個。」

她和村長商量著，怎麼樣再給村子裡爭取點收入。聽著她的話，村長很高興地點點頭。

「不錯，不錯，這樣大家又可以多賺點錢了。」

「對啊，咱們這切糖和年糕賣得不錯，還有妳說的什麼發糕，我們也嘗試著做了一點就直接送到縣城，聽說也不錯呢。」

柳一龍說起來也算是這個作坊的股東之一，東西賣得好自然賺得就多，心情就好了起來。

柳好好笑得眼睛彎彎的，點點頭。「嗯，挺好的。村長爺爺，我現在手中還有一個活，等幹完了我可能要出一趟遠門。您知道的，我娘在家，我不放心，您……」

「放心吧，有我們在呢，怕什麼！」柳一龍笑著說道：「咱們要是連妳娘和妳弟弟都護不住，這臉面也就保不住了。哪個有膽子敢上門，妳大伯我絕對饒不了他們！」

「對，就是！」

村長看著自家幾個兒子拍胸口保證著，連大孫子都直起腰板表示一定會好好照顧，心情也好了。「對，放心吧。」

說來說去，柳好好其實也就擔心柳大郎家的罷了，但是上一次之後，他們也消停了很多，現在看到柳李氏都繞著走，畢竟現在村子裡大部分人都是向著柳好好他們的，若是有個什麼想法，肯定會被人給狠狠地揍一頓。

「那行，村長爺爺，鹹鴨蛋的方法到時候我會交給奶奶，讓奶奶帶著人去醃製。只是這成本高了點，所以鹹雞蛋我們四文錢一個，鹹鴨蛋五文錢一個。」

「這是不是貴了點？」

「不貴。」柳好好笑起來。「這鹹雞蛋鴨蛋什麼的，還能放一段時間，所以很適合出門的人吃。只是我們得慢慢來，一開始就想要賣多不可能，不過等嘗到味道了就一定會買的。」她甚至覺得那些大酒樓都會心動，畢竟兩個鹹鴨蛋十文錢，若是他們黑心點，說不定一錢銀子都能賣，何況還能用鹹鴨蛋的蛋黃做菜。

說到這個，她好像可以來賣菜譜了？

「那就聽妳的！」

隔日，天氣很好，柳好好往山上走。自己培植的花木已經發芽了，嫁接的也漸漸長好了。不過這樣還不行，她想要培育出更好的，最好有個專門培育的地方，還要弄個大棚子，不然冬天一來就什麼都沒了。

只是這個大棚怎麼造，還是得好好想想，畢竟這個時代缺的東西實在是太多了……

「好好。」

「柳春叔？」

柳好好檢查了樹木的發芽情況，就聽到柳春喊自己，拍拍手中的泥巴，看著他拎著兩隻野兔走來。

「給妳。」說著他便把身後的背簍拿下來，柳好好一看，裡面是兩株開花的植物，仔細辨認應該是杜鵑。這種杜鵑還有個名字叫映山紅，經常是一大片連在一起，開起來的時候火紅火紅的，像是把山都給映紅了，就是它名字的由來。

「柳春叔，你上山裡了？」她記得在附近好像沒有映山紅啊。

「打獵。」

柳春的意思很簡單，因為打獵遇到了所以順手挖出來了。

柳好好這才笑道：「謝謝柳春叔，這花長得真好看。」

見她喜歡，柳春難得又說道：「山上還有好多。」

「不用了，先養著，我看看它們長得怎麼樣。太普通的話怕是賣不了多少錢，我養養看，能不能有點變化。」

「嗯。」柳春點點頭，看她仔細地把映山紅給埋起來，轉身就走了。

第四十章

把山上苗圃的事交給了柳春看管，柳好好便帶著定安和春娘，換上男裝，又要出門了。這一次她的目標自然是江南那邊，希望可以尋找到一些好的花苗回來。

馬車是她租的，畢竟不會騎馬，但是這種車子在路上坐時間久了還真的有點疼。在顛簸了十幾天之後，終於是忍不住了，下車好好地伸個懶腰，不然覺得骨頭架子都要散了。

噠噠噠——

正在她滿心哀愁的時候，一陣急促的馬蹄聲傳來，幾個人呆呆看著馬兒跑來，又目送那些馬離去。

主僕三人羨慕地看著，殊不知剛剛過去的一隊人馬竟然又調轉馬頭回來了。原本還羨慕的三人瞬間站起來，警戒地看著馬群過來的方向。他們可不覺得這些人是有什麼事找自己，說不定有什麼的想法呢，必須警惕。

一匹白馬在面前來了一個急停，揚起的灰塵把他們幾個弄得灰頭土臉的，柳好好皺皺眉，不停地拍打著身上的灰塵，嫌惡地看過去。

哪知道竟然是熟人！

「我就說呢，剛才看了一眼覺得眼熟，沒想到還真的認識啊！」

少年坐在馬背上，一臉戲謔地看著她，那雙波光粼粼的眸子裡閃耀著幾分隨興。

「雲公子，沒想到在這裡遇到你，真是好巧。」

雲溪看著他一臉憋屈的模樣，頓時心情就好起來。「這也許就是緣分呢。」

這時，其他人也跟上來了，其中就有柳好好見過的展明，還有幾個看上去氣度不凡、渾身冒著寒氣的人。

「文近？」展明顯然也沒有想到是她，笑了笑。「小子，幾個月不見……你還是沒有長高啊？」

算了，這些人都是狗嘴吐不出象牙來的。柳好好心裡默默地吐槽著。

雲溪肆無忌憚地笑了起來，挑高眉，見他身邊跟著兩個人，饒有興趣地問道：「這裡離鳳城縣可不近，你這是要去哪兒呢？」

「我們去江南蘇城那邊。」柳好好也不介意告知，反正這兩個人只是說話不客氣了點，倒也沒有以勢壓人的毛病。

「蘇城？這麼遠，以你們這速度最少也要好幾天。」

「沒辦法，不習慣啊。」

說得也是，小孩子看樣子從來沒有坐過馬車，自然是不習慣的。雲溪坐直了身體，手中的馬鞭甩了甩。「展明，反正我們也沒有事，要不一起走？」

展明看了一眼，笑著點點頭。「那就一起走吧。」

一起走自然有一起走的好處，柳好好也不用擔心找不到休息的地方，露宿街頭，更不用擔心晚上露宿會遇上什麼猛獸，畢竟一群看上去這麼厲害的漢子在身邊，安全感十足啊！

「你去蘇城幹什麼？」

雲溪從馬背上下來，立刻有兩個人找一個乾淨的地方鋪上毛毯，另外兩個人便去打獵，還有人把水壺遞過來，拿出乾糧，有條不紊，看得柳好好覺得自己這樣出門，能夠走到這裡真的不容易，羨慕！

「我現在在做花苗生意啊，但是手中的種類不多，我想到處看看，自然是想要多弄點種苗。」

「這麼厲害？」雲溪對這個小子倒有些刮目相待了，上一次還以為他只不過幸運，找到了兩棵比較稀少的蘭花賣了個好價錢，現在看來，這小子是有目的的啊！

「當然啦，既然要做就要好好做，我家裡人就指望這個過日子呢。」她笑了笑。「不過我也不貪多，主要還是先看看，有些東西不一定適合咱們這裡。」

「你倒是懂得不少。」

「既然想要好好做生意，當然要好好地學一學啊！而且我知道的太少了，到處看看學點本事也是好的。」她說得直白，不謙虛也不驕傲，倒是讓人有幾分好感。

「少爺。」

打獵的人回來了，手中拎著幾隻野兔和幾隻野雞，打過招呼之後自然走到火堆旁邊，將處理好的兔子和雞放在火上，準備烤熟了當晚飯。

柳好好見狀，不得不佩服起來。「雲公子的人真厲害。」

「經常在外面跑，不學著點豈不是餓肚子？」展明走過來，笑著說道，也坐在雲溪身邊的毛毯上，把長袍給整理了一下，抬頭看著柳好好。「文近，你就這樣帶著兩個小廝出門，真是不理智。外面很危險的。」

「我知道啊，這不也是沒有辦法嗎？想做生意可不能只是在家裡，那還有什麼前途。」

柳好好說得有志氣，心神反倒放在漸漸發出香味的烤肉上面，那表情看得雲溪差點哈哈大笑起來。

「給你吧！」將手下遞過來的雞腿拿過去，他笑道：「看你這個樣子，這段時間是沒有吃過熱食了。」

「是啊，挺想念的。我們吃的都是從家裡面帶的乾糧，吃了這麼些天，真的乾巴巴的有些難受了。」

哪怕這些烤肉只是隨便撒了點鹽，也鮮香可口，讓她吃得滿嘴都是油。

兩隊人馬合併一起，柳好好的速度快了，雲溪他們的速度倒是慢下來。剛看到的時候，對方行動那麼快，像是有什麼重要的事情要解決，現在反而花費時間跟在他們身邊慢悠悠地前進……

不過好奇害死貓，她還是相信的，跟在身邊占了好處就別多說了。

「前面便是蘇城了。」

一行人風塵僕僕地走了這麼些天，雖然經過小鎮時也停下來休息過，但是到了目的地的感覺還是不一樣的。

「嗯，雲公子，那我們就此別過？」柳好好眨眨眼睛，看著笑得一臉燦爛的少年，試探地問道。

「行啊，我會在蘇城待上半個多月，有什麼事的話，就去天水街最裡面的雲府找我便好。當然沒有什麼事的話就別來了，我很忙。」

說著雲溪翻身上馬，帶著展明等人疾馳而去，而守門人一看到他們手中舉起的東西，竟然連問都沒有問，直接把人給放進去了。

看來這些人比她想像的還要厲害。

蘇城是江南最大的城，一進城門，撲面而來的就是繁華與喧囂，熱鬧得讓人眼花撩亂。

「東家，這裡好大啊……」定安感慨地說道。

鳳城縣對他們來說就已經很大了，沒想到蘇城竟然更大，城裡到處都是商家，走商的人拉著馬、拖著重重的貨物經過這裡，挑著擔子的貨郎沿途叫賣，豪華的各色商家擺放著讓人眼花的商品，各種事物應有盡有。

「咱們轉轉，看看哪裡是專門賣花苗的，然後再看看有沒有做這一行的。」

「明白的。」

兩個人都算是機靈人，雖然沒有見過這麼大的城，卻是知道這次來的目的。柳好好的目的很明確，所以直接找個最便宜的客棧住下，然後三人就在這蘇城內到處打聽。

蘇城很大，東南西北共有八條主幹道，十五條小街道，還有數不清的小巷子，不僅如此，還有兩條河穿過蘇城，橋也有好幾座。

柳好好每天穿梭在大街小巷打聽賣花人，也記錄著這裡的人的喜好，捎帶著不停地到處刷好感，希望可以免費弄點種子或花苗之類的。

不要小瞧這些普通人家，說不定家裡就有些奇花異草，只要弄點回去好好地種植一番，可是省了一筆不少錢。

「東家，這蘇城真大啊！」

他們已經在這裡十來天了，結果也只是跑了一點地方而已。

「嗯，是挺繁華的。」柳好好看著前面不遠處，幾棟三、四層的樓矗立在那裡，即使隔得遠，那豪華的氣息也是撲面而來。「以後我也要在全國各地開分店。」

「必須啊！」

她就算是一個花農，也要把自己種植的花木賣到全國各地，就是這樣厲害。

「走吧，我們再到前面看看，聽說那邊在辦一個花展，看看有沒有想要的。」

此時，天水街的那個院落裡，雲溪懶散地靠在椅子上，半眯著眼睛，黑色的長髮就這麼垂下來，那繡著繁複花紋的錦袍更是襯托得他貴氣逼人。

他拿著摺扇，慢悠悠地敲擊著。

「那邊有什麼動靜嗎？」

「西北邊境暫時穩定下來，年前的時候，蠻夷有過幾次交鋒，都被打了回去。」展明坐在另外一張椅子上，雖然看上去還是十分溫和，但是眉眼之中卻帶上幾分慎重。

「那邊說有人在糧草上動了手腳，大將軍可是斬了幾個人。這裡面有左丞相和兵部的人，只怕……」

「一群閒著沒事幹的人，呵，真是找死。」雲溪一臉的不在乎。「正好讓他們去鬧，我倒要看看他們能鬧成什麼樣子，是不是覺得脖子上的那個腦袋太重了？」

「不過還是要小心點，那位讓您過來調查這邊的事情，您可得小心那幾位兄長，他們可是尋摸著王爺的錯處呢！」

展明一臉擔憂，可雲溪顯然並不在意，擺擺手站起來。「聽說這邊的司芳閣味道不錯，走吧，嘗嘗去。」說著便邁開步子出門了。

展明無奈地搖搖頭，雖然擔心，但是王爺自己有主見，他也不好說什麼。

「對了，那個小子叫什麼？」

「文近？」

「對，柳文近最近在忙什麼？」雲溪慢悠悠走著，也不坐馬車，身邊就帶著展明還有一個侍衛，加上刻意收斂的氣勢，看上去倒像個普通的紈袴子弟。

「我也沒有留意，似乎一直在走街串巷。」

「喔？」

「蘇城每年都有百花展，還有各種賞花大會，她來的倒是時候。」雲溪漫不經心地道。對他而言，彼此不過只是偶遇，並沒有太在意。

「看來是真的想要做出來。」

「呵，一個沒有家世背景的，想要做出來只怕……」雲溪笑了笑，不以為意。

「話雖如此，但有這樣的想法也算不錯了。」展明說了兩句。「好歹還知道改變，比那些只知道消耗家族底蘊的要強得多。」

「這倒是。」

他們剛剛坐下，雲溪從窗外看過去，就見到下面的街道走過三個人。只見最矮的那個對著身邊的兩個小廝指手畫腳的，然後指著路邊的樹饒有興致地說著什麼，不由得笑了起來。

「真是緣分，展明，你覺得呢？」

第四十一章

柳好好帶著人正在看著大街上的樹，對著身邊的人分析得頭頭是道，就聽到有人在喊「文近」。她一時半會兒沒反應過來，依然記錄著這邊樹木的情況，偶爾似乎還自言自語地說了些什麼，讓打招呼的人更是無語。

「東家，好像有人在喊妳？」

最先反應過來的是春娘，總覺得文近這名字好熟悉，接著恍然大悟，這不是東家的名字嗎？東家說了，在外面做生意還是用男兒身比較好，不然容易受欺負。只是他們不太去記這名字，所以沒有反應過來。

「我？」

柳好好四處看了看，沒有認識的人，這才抬頭往上看。

就見四層樓高的酒樓臨窗坐著兩個人，呵，還是熟人。

「雲公子，展大哥。」

「沒想到在這裡遇到你，上來一起吃飯吧。」

柳好好猶豫了一下，還是大大方方地上去了。

「這麼些天在幹什麼呢？」展明比較親和，開口問道。

柳好好也沒有隱瞞，道：「走街串巷啊，看看這邊的花木種類，然後找人問問有沒有人賣花苗的，想要找些同行看能不能互相幫個忙什麼的。只可惜蘇州城實在是太大了，我這些天累成這樣也沒有多大進展，不過倒是認識了幾個種植花木的人。可惜他們的品種單一，想要進貨我得一家一家跑，時間實在不多。」

雲溪看著他，目光倒是多了幾分讚賞。不驕不躁，穩重有眼光，不錯。

他在心裡滿意地點點頭，便覺得這個小子也許可以幫襯一把。

之後的幾天，柳好好跑遍了蘇城幾家賣花草的，不得不說，看得人眼花撩亂。

「小子，怎麼捨不得走了啊？」

體型微胖的老闆看著她蹲在茶花面前不走了，笑得臉上的褶子都擠出來。

「是啊，這些養得實在是太好了。」

這位老闆姓吳，個子不高，還有些胖，笑起來慈眉善目的，雖然才剛見面，卻是讓柳好好有幾分親近的意思。

「吳老闆，這茶花長得不錯，可是這幾片葉子有點發黃，我覺得可能缺了點肥料。」

「你說得對，不過肥料還不夠，得等幾天。」吳老闆笑了笑。「這些小東西啊，一天不照顧就給我耍臉色呢！」

她笑了起來，這比喻還真的恰當。「是啊，他們就是小孩子呢，要好好照顧著。吳老闆，我想買點花苗回去。」

「這邊到你們那邊有點遠，花苗若是用馬車運送，損失會很大的。」吳老闆笑著說道：「不過現在這天氣不錯，多弄點土護住根，回去再好好地養護養護，應該還行。」

「我也是這麼想的，而且我準備走水路。」水路的速度要快很多。

「也行。你什麼時候走？正好我有個朋友後天要從這邊去皇城，會經過鳳城縣，你可以跟著。」吳老闆笑了笑。

說定了時間，柳好好乾脆俐落地在幾個苗圃裡面挑了觀賞價值高、容易存活的苗，然後讓定安找人運送到船上，安排妥當。

至於自己，她覺得還是應該和那位雲溪少爺說一聲，畢竟這一路上得到他不少幫助。

「外面有個叫柳文近的人登門拜訪？」

雲溪和展明正在大堂裡議事，周圍還坐著幾個人，聽到下人來報，眼中閃過一絲興味。

「讓他進來吧。」說著擺擺手，除了展明，其他人都十分自覺地退了下去。

「你說這小子今天來是幹什麼？」

「大概是辭行吧。」

展明也笑了笑，這小子憑著一股傻勁就這麼折騰，不過還真的折騰得不錯，而且這小子運氣也不錯，似乎只要遇到了事都會迎刃而解。

「雲公子，展大哥。」柳好好拎著小食盒上門，眼睛笑得彎彎的，看上去倒是挺可愛的。

「文近來了，坐。」展明讓人端茶上來。

「我今天來是要辭行的。明天我就要走了，和一位老闆說好了坐船回去，正好省了點錢。」她笑了笑。「這些時日多虧了二位照顧，我也沒有什麼好東西，這點心是我親手做的，還請笑納。」

「喔，親手做的？」

雲溪來了興趣，展明把食盒打開，裡面竟然是幾個金燦燦的點心，聞起來十分香甜，只是樣子不太好看。

「這是什麼？」

「這是……鮮花餅。」柳好好有些不好意思地摸了摸鼻子。「我的手藝不行，做出來不好看，不過味道應該還可以……的吧。」

「我嘗嘗。」展明二話不說就拿起一塊餅吃起來。鮮花的香味、餅的酥脆，瞬間就在口腔內碰撞。「不錯！」

雲溪的眸光有些深，望著這幾個長相不算好看的餅，拿起一塊放在嘴裡，一口下去，酥皮就這麼碎了。他嫌棄地皺皺眉。

這種小吃，真的是太有辱斯文了。不過味道還真的不錯。

「抱歉。」看著雲溪和展明吃得有些嫌棄，她摸摸鼻子。「我做得大了點。」

早知道弄小塊一點，一口一個也就沒有這個問題了。

展明倒是無所謂，笑了笑。「沒想到你竟然還有這種手藝。」

「過獎了。」她有些不好意思。「花不僅可以看，還可以吃呢。我這次匆忙，只用了月季做鮮花餅，其實還可以用茉莉、梔子、蘭花、菊花……很多呢，而且可以做鮮花餅、甜羹、菜……」她笑了笑。「簡單地說，只要是無毒的花都可以吃。」

「的確不錯。」

大慶國雖然物產豐富，但是說起來很多東西還是沒有利用，或者說他們的想法還是比較固定的，認為花就是欣賞用，認為菜就是吃的，完全沒有想過可以互通。

被她這麼一說，雲溪眼中的興味更顯，沒想到這小子倒是給他一個很好的啟發。

「你，不錯。」他把點心吃掉。「我對你以後的發展多了幾分興趣。」

柳好好愣了愣，眨眨眼。「啊，雲公子，您的意思……」

「這麼說吧，你的生意前期需要的資金比較大，若是靠著現在賣花肯定很慢，我拿出銀錢來……」

雲溪慢悠悠地將自己的想法給說出來，她一聽便明白怎麼回事。這人是要資金入股投資她。

柳好好垂眸想了想。雲溪的身分不簡單，她雖然不懂得什麼權勢，但是也明白不管在什麼時候，背靠大樹好乘涼這句話。

「成交。」

說起來，她覺得自己的運氣真的是爆棚了，拉到一個盟友，一種會走向人生巔峰的感覺瞬間盤旋在心頭，怎麼都揮之不去。

「想什麼呢！」

雲溪走出船艙的時候，見到柳好好正在發呆，饒有興致地用扇子輕輕地敲了一下她的腦袋，把正在發呆的人弄得一愣一愣。「在想什麼？」

「咳咳，就是覺得自己運氣很好啦，畢竟我一個小百姓竟然能夠讓雲公子刮目相看，有點恍惚。」

雲溪見她說得誠懇，輕笑一聲，雖然只有十五、六歲的模樣，卻已經帶著讓人折服的風華。「看得倒是明白。」

「嘿嘿。」她笑了笑，那雙葡萄似的大眼睛彎了彎，多了幾分可愛之意。

雲溪看了一眼，見她唇紅齒白，相較於剛剛見面時灰撲撲的樣子，變化不小。

「本少爺呢，只是偶爾心血來潮，你做好了我自然得益，若是失敗了……於我而言也不過損失點銀錢，卻也認識了一個人的能力，值得。」

柳好好張張嘴，想來若是自己沒有前途，這位肯定也不會搭理自己的。欸，看來還是想得太美好了，不過她一定可以的！

「那也謝謝雲公子的賞識。」

雲溪似笑非笑地看著她，半晌說道：「你倒是會說話。」柳好好挑眉。她真的覺得這個叫雲溪的不簡單，別看年少，行事風格卻是讓人猜不透。比如昨天她去辭行，結果這位少爺倒好，竟然鬼使神差地決定和她一起坐船回去，說什麼兩人順路，蘇城的事情已經辦妥了，正好一起走還有人說話不無聊……

這時展明過來，投了一個眼神，雲溪便輕飄飄地離開甲板，來到船艙裡面。

「怎麼說？」

「少爺，果然那些人在半道上埋伏了，不過他們怎麼也沒有想到我們竟然會改變行程。」展明眉頭一直皺著，看來對於遇襲十分生氣。

雲溪笑了笑，並不在意。「遇到這小子都這麼好運，既然如此，我們也跟著小子下船吧。」

展明也笑了起來，身邊出了奸細的憤怒也消散了不少，點點頭。「看來的確如此。」比如第一次輕而易舉找到了需要的藥草，第二次因為這小子順利解決了涼城之事，這一次……連性命都保下來了。

「本少爺這錢花得不冤枉。」

行船的速度的確很快，雖然有些顛簸，倒也算是安全。在七、八天之後，他們終於到了臨近鳳城縣的一處碼頭，直接從碼頭請人把自己帶回來的樹苗給裝車。

「雲公子，我就從這裡回去了，那麼……」

「一起吧，想當初第一次見面的時候，可是沒有好好地在鳳城縣落腳呢，正好可以四處看看。」說著雲溪就下船，帶著展明往前走，一看到柳好好呆滯的目光時，心情就更好了。

「怎麼，這是不歡迎嗎？」

「不是，不是。」說著，柳好好趕緊讓定安和春娘在前面帶路，三輛運貨的馬車就這麼帶著他們往鳳城縣過去。

碼頭離鳳城縣比較近，半天的路程就到了。

「我要先去趙叔家，兩位你們這是……」

「我們隨便看看，就不打擾了。」展明笑了笑，溫和地道。

「那我們就此別過。對了，雲公子說的，我知道怎麼做，等過段時間我會把自己手上的情況和計劃寫清楚，讓人送給你……」

「行，你讓人帶到京城的玉明軒就好了。」雲溪點點頭，那雙顧盼生輝的眸子帶著幾分笑意。「但願你我以後能在京城商議大事。」

「希望！」說著，柳好好握著拳頭，一臉的憧憬。

和這位少爺分開之後，她趕緊就往趙掌櫃的店鋪走去。只見店鋪的人不少，她費了好大的力氣才在人群找到滿臉笑容的趙掌櫃。

「趙叔！」

趙掌櫃正在忙呢，這段時間賣出去的花苗不少，還有很多人是回頭客，這說明什麼，說明他賣的東西是好東西呢！

突然間聽到有人喊自己，便看到風塵僕僕的柳好好，他左看右看發現她除了有些疲累之外，沒有其他的問題，這才放心下來。

「妳這孩子，這麼一走就這麼久，真是讓人擔心。」趙掌櫃是真心誠意地說。「妳娘上次還過來了，說妳有沒有寫信過來呢，妳說妳……」

柳好好有些不好意思，她真的忙到忘記了，又想著很快就會回來，也沒有必要寫信，卻不想家裡人著急狠了。

「那叔，我就是來看看，現在就回去。」

「行。對了，有妳的信。」

柳好好過來的目的也是想看看有沒有自己的信。也不知道為什麼，有個牽掛自己的人，心情還是不錯的。

「行，那我先走了啊。」

說著，她趕緊讓人拉著貨就往柳家村走，自己坐在馬車上，鼻尖是各種植物的香氣，而手中是宮翎蒼勁有力的字，她嘴角勾了勾。

「見信安好，年後蠻夷似乎安定下來，吾與將軍準備加固城牆……」

宮翎似乎喜歡把自己遇到的事情都寫下來，也不管她是不是不懂。

想到自己第一次見到宮翎，這個沈默寡言的少年，渾身上下帶著一股凌厲的氣勢，那樣的人大概天生就是為了戰場而生。

「送來的吃食很好，然那些無恥之徒趁吾不備，竊之……」

雖然沒有親眼看見，但為什麼看著「竊之」兩字的時候，濃濃的委屈感撲面而來，讓人哭笑不得。

是的，每次柳好好都會讓人帶點可以長時間存放的小零食過去，給他嘗嘗，沒想到竟然會造成這樣的效果，怎麼說呢，看來軍營實在是太苦了。

她收起信，在夕陽快要沈下去的時候，終於到了柳家村的門口。

「二郎家的，好好回來啦！」

柳李氏慌張跑出來，見到女兒完完整整地站在門口，眼圈一紅，就撲過來把人抱在懷裡。「終於回來了，終於啊……」

「娘，對不起。」

感覺到柳李氏顫抖的身體，她再一次覺得自己沒有讓人帶信回來是錯誤的，真是鄙視自己。

「娘，我沒事的，我好好的，妳看我帶回來好多東西呢！」

柳李氏吸了吸鼻子，覺得自己這樣也有些大驚小怪，估計是嚇到孩子了，不好意思地笑了起來。「還是好好厲害啊，能夠帶回來這麼多東西。」

正說著，一道黑影竄出來，在她腳邊不停竄來竄去，看得她好笑不已。

「妳啊，這麼一走，大黑都想妳了，每天都要上山轉幾圈……」柳李氏也笑了起來，大黑可是以肉眼可見的速度長起來，現在都快要抱不起來了。

大黑在她腳邊打轉半天，結果主人都沒有抱牠，委屈地嚎了兩嗓子，又跳來跳去。

第四十二章

因為柳好好突然回來，原本晚上準備吃點小米粥的柳李氏趕緊讓人烙了幾個大餅，還拿出兩個鹹鴨蛋。

「吃吧。」

柳好好敲開鹹鴨蛋，然後分了一半給柳李氏。「娘，一起。」

「妳啊……」

兒行千里母擔憂，走到哪都不如家裡溫暖。

只是回來之後，她又變得非常忙碌了，首先要把自己帶回來的苗和種球都種下去，還要指揮著人漚肥、挑水、剪枝、分苗……偶爾還要去作坊看一看，和村長他們商量著以後的發展。

說起來，鹹鴨蛋鹹雞蛋賣得非常好，這種能夠當菜又容易攜帶的東西，不僅僅當地人非常喜歡，連那些走商都喜歡買一些帶著，自己吃也好、沿途販賣也好，總而言之生意是做起來了。

「好好啊，妳知道我們現在的生意有多少嗎？看看這些都是要咱們鹹鴨蛋還有切糖的，真沒有想到啊，竟然會……」

村長激動地手都在顫抖。鹹鴨蛋剛出來的時候，價格賣不出去，原本想著要不要降價，結果呢……第一個吃過之後，很快就回來買；然後一個帶兩個，兩個帶四個，四個就帶著酒樓……

村長笑著，看到前景，似乎年輕了好幾歲。

柳好好看了看，眉頭皺了皺，並沒有想像中的那麼開心。

「這是怎麼了？」

「村長爺爺有沒有想過這麼大的量帶來的後果？」

「難道不好嗎？我們會賺更多的錢，村裡人的手頭就會寬裕……」村長不解地道，不過說著說著，眉頭也皺緊了，看著手中的這些單子，嘆口氣。「看來我是被錢迷花了眼啊，這麼危險的事情竟然沒有看出來。」

「村長爺爺，您知道就好。」柳好好笑了笑。「什麼都要慢慢來，一下子太猛了只會讓人覬覦，慢慢壯大的時候，等那些人想要做什麼也要掂量掂量了。」

「好好，還是妳聰明，不然我還沈浸在這愉悅之中。」

等到柳好好走了之後，村長拿著這些單子唉聲嘆氣的，村長家的有些不解便問道：「多做點生意，多賺點錢不好嗎？怎麼你們都是這樣愁眉苦臉的呢？」

「妳啊，咱們柳家村說起來這段時間賺了不少錢了吧？」

「是啊。」

「但是咱們柳家村的人誰有靠山，這鹹鴨蛋這麼賺錢，妳以為別人不想要嗎？」村長搖搖頭。「太貪心了、太貪心了，若是被人盯上的話，就什麼都沒有了。」

「這麼嚴重啊？」

「嗯，這段時間繼續收雞蛋鴨蛋，但是鹹鴨蛋鹹雞蛋什麼的，暫時扣著點，這些貨發出去之後，剩下的讓村子裡按照之前走貨的方式賣，不能引起其他人注意。」村長搖搖頭。

「唉真的是昏了頭了……」

柳好好的擔心並不是多餘的，不管什麼時候，貪心的人總是多的。何況是這麼簡單的賺錢辦法，怎麼可能不動心？

現在才是開始階段，只要好好把握了，自然不會有人在意這些小錢，可是若是繼續這樣擴大下去呢？

沒有人能夠護住柳家村。

柳好好把所有的苗給種下去之後，看了看之前嫁接的樹苗，長得還算不錯，還開了幾朵花，看上去的確有所變異。

不過她準備搭一個大棚，但這個大棚不好搭，得好好地選一選位置。

「好好，在忙著呢？」

「是啊，叔，這是去看秧苗嗎？」

「對啊，這天越來越熱了，秧苗也開始抽穗了，要注意點。不過說起來，還是妳家的苗長得最好啊，瞧著都讓人歡喜。」

的確，她走之前就讓家裡把自己留下來的稻種按照要求種下地了，等回來的時候早早就被分苗插上，現在綠油油的一片，看上去讓人心動不已。

而且根據她的觀察，這些秧苗和第一代已經有了區別，長得更高更壯實，不愧是精挑細選出來的稻種。

「是嗎？那就好，我這不是嘴巴饞，想要吃白米飯，它們長得好我就能多吃點了。」

她笑了笑，跑到自家田地裡觀察了一下，然後又把與眾不同的苗記錄下來，看看長勢。說實在話，這種培育的方法真的很難，沒有實驗室、沒有技術，靠的完全是大自然的饋贈，時間漫長，風險也很大。

不過無所謂，哪怕增產一點點，她也覺得是非常好的。

她看著自己的成績，又抬頭看看半山坡各色的花花草草，腳邊的大黑更是無拘無束地蹦來蹦去，慢慢的伸出手，做出一個擁抱。

「真高興呢！」

是啊，真高興呢，一年多的時間，大家變化很大啊！沒有了煩人的大伯一家，村子裡的生活變好了，大家也客氣起來了，雞毛蒜皮的小事似乎也少了很多，想想都覺得開心。

「走了，大黑，回家吃肉！」

正在玩鬧呢，結果就見到門口站著人，而柳李氏一臉不知所措的模樣，柳好好頓時疑惑起來。

「你們是……」

兩個大漢的個子很高，穿得樸素，但是渾身上下散發的氣勢卻絕對不普通，特別是其中一個臉上還有疤痕，看上去凶煞無比。

柳李氏趕緊抓著她的手。「他們兩個說是來找柳文近的。」

「請問這位小哥就是柳文近嗎？」

那個臉上帶著疤痕的男子笑了笑，不過本就凶煞的臉這麼一笑，顯得更加猙獰了。

「對，你是……」

「我叫周夢洋，他是焦航。我們是宮校尉推薦過來的。」

臉上有疤的男子將手中的東西遞過來，雖然看上去十分兇悍，卻讓人感覺到對方其實非常忐忑。

「宮校尉？」柳好好愣了一下，反應過來。「宮翎？」

「是的！」兩個大漢趕緊點頭。

柳好好不明所以，打開信一看，臉色一變。

周夢洋有些忐忑。說實話，這個小子的臉色實在是不怎麼好，不由得有些懷疑當初宮校尉說的話。那位沒有表情、年紀最小卻又十分厲害的校尉，十分篤定地告訴他們，在這裡有個可以接手他們的人，叫柳文近，只要好好幹，一定會活下去的。

焦航動了動手，柳好好這才發現這位的右手竟然少了兩根手指。

宮翎這小子這事不厚道，卻也正好解決了她人手不夠的問題。

她覺得宮翎既然這麼相信自己，應該不會讓品性差的人過來。她盤算著手中的銀錢，想來之前蓋的房子還是少了點，又得蓋房子了。

隨著時間推移，兩個壯漢越來越不淡定，甚至周夢洋的腦門上都冒出了汗珠，一雙大手不安地來回搓著，似乎一句拒絕，他眼淚就會下來似的，讓柳好好有些心酸。

「好，不過我們這邊暫時房子有些缺，我給你們安排一下，等閒暇後再蓋房子給你們住。」

「真的？」連焦航都有些激動起來。

「當然，既然讓你們來了，想來你們也沒有別的去處。正好我這裡還有活需要人幫忙，包吃包住，銀錢五貫，等到你們表現好了，再給你們漲工錢。」

「謝謝、謝謝，謝謝少爺！」

「不用了，你們叫我東家就行，大家都這麼叫我。」柳好好實在是受不了漢子們這樣說話。「好了，估計你們也沒有吃東西。娘，家裡還有烙餅吧，讓他們吃點。」

漢子看來是真的餓了，兩個人接過餅，裡面捲著剛醃好的酸豆角，一口下去少了一小半，吃得那是津津有味。

「對了，」柳好好突然想起來。「你們這個宮校尉，到底推薦了多少人過來？」

周夢洋和焦航對視一眼，小心翼翼地道：「我們這一批一共十三個人，我們倆快馬加鞭過來的，其他十一個人還在鳳城縣。」

得，看來這群人還真的是……送不走了。她幽幽嘆口氣，感覺家裡的人越來越多了，有這一大家子要養，真的不容易啊。

「行，你們先安排好了，等適應了去把他們給接過來吧。」到時候順便讓這些人把房子給蓋好。

欸，她能怎麼辦呢，他們既然過來了，就說明是沒有家了。反正請誰都是請，留著還可以看家護院，畢竟……兩個人雖然或多或少有些殘疾，但是身體強壯、渾身煞氣，一般人肯定不是對手的。

這宮翎真的是誤打誤撞地做了好事啊。

既然她說沒有問題，柳李氏自然也就不問了。反正這丫頭現在長大了，做事情都是有自己的計劃，也沒有什麼好擔心的。

把人安排下來了，柳好好自然也不會客氣，帶著人就來到自己山上，指著上面的花花草草道：「看到了沒？我就是做花木生意的，這些都需要力氣。還有些注意事項，到時候我會一一教你們的，等到你們上手後就讓你們打理了。對了，我這裡有一個護林的人叫柳春，是個獵戶，你們有什麼也可以問他。平時沒事的時候，你們自然是可以自由活動，上山打獵什麼的我也不會管，但是別把危險帶過來，否則……」
柳好好瞇著眼睛看著面前的兩個人，別看她年紀小，還真的有幾分氣勢。
「明白的。」
剛說完，就見一個高大的身影過來，柳好好瞬間笑了起來。「柳春叔！」
「嗯。」
「柳春叔，這兩個人是退伍兵，以後就在這裡和你一起看護。他們有什麼不懂的，你就告訴他們啊。」
柳春抬頭，沈默寡言的他身上帶著一股孤僻，但是隱隱透著一股血腥味，倒是和這兩個兵氣質差不多。「好。」
「那行，我先回去了，你們聊。」
「等等。」柳春把身上的獵物拿下來，撿了兩隻最肥的野雞和兔子遞過去。「拿著。」
柳好好本來想要拒絕，但是想著柳春的性子，又接過來。「行，那我先走了。」
周夢洋和焦航十分拘謹，看著柳春，一時之間不知道說什麼好。好在周夢洋是個願意說話的，想了想便開口道：「大兄弟，以後就多靠你照顧了。」
柳春犀利的眸子看了看兩個人，見他們挺忠厚的，點點頭。「這邊的山頭都是好好的，你們只要照顧好這些花花草草就好了。」
「行。」

見柳春不像難說話的人，周夢洋就放開了。

「說實話，我們來的時候還真的很忐忑的，畢竟宮校尉說過他也不能保證。」周夢洋坐在地上，面前是一隻被烤得流油的兔子。「咱們這兄弟出生入死的，原先有兩百多人，如今也就我們十三個了，每個都有些殘疾，說白了就算回去估計也什麼都沒有了……不過雖然咱們什麼都沒有了，這條命還在的。」他唏噓道：「活著，比什麼都重要！」

「文近……是個好孩子，你們好好幹。」柳春想了想，才想起好好在外面的名字。

「東家的確是個好人。」

宮校尉都說了，東家其實並不富裕，不一定會接受他們，所以來到鳳城縣的時候，他們倆先打頭陣。若是東家不願意收留，他們再想辦法找個偏僻點的村子落腳，卻不想東家不但把他們留下來了，甚至還安排活計給工錢，包吃包住，想想都覺得生活一下子敞亮起來了。

安排了他們之後，柳好好又開始規律忙碌起來。大概是因為自己的名聲打了出去，售後服務也打出去了，很多人覺得這種讓他們沒有後顧之憂，而且一看就是良心賣家，所以現在的園林花草生意是漸漸做了起來。

「欸，我說好好啊，妳的辦法真好。」趙掌櫃把一盆杜鵑抱過來。「可這盆花妳看看怎麼回事，葉子發黃了。」

柳好好仔細地看了看，笑了。「這是肥料太足了，把黃葉子給去掉，然後把上面的乾肥給挖掉，多澆幾次水，放在通風的地方照一下陽光。這還不算太嚴重，過段時間就會恢復的。」

趙掌櫃笑了起來。「好，知道了。」說著又遞過來一樣東西。「這是這個月的量，妳看看。」

「我看？」柳好好詫異了。鋪子老闆可是趙掌櫃，盈利也好、虧損也好，可都是他自己的事情，怎麼拿出來給她看？

「只是一些交易記錄，放心，這不是帳本。」

柳好好不好意思地笑了笑，翻開記錄一看，這兩個月的銷量超過了她的預期。「這麼多？」

「是啊，很多都是回頭客，都說妳的貨好，願意從我這裡買。」趙掌櫃也笑了，這幾個月的銷量比得上以前一年的量了，讓他開心得不得了。

柳好好也很欣慰。「那之後趙叔若是有什麼事的話，就來找我。」

「行。」趙掌櫃點點頭，絲毫沒覺得這個小丫頭片子是個孩子，反而有什麼事都喜歡和她商量。

「對了。」他突然喊了一聲，柳好好疑惑地回頭看著他。

就見這個四十多歲的男人突然間有些扭捏，期期艾艾地開口，鼓起勇氣把手中的食盒拿了出來。「這個是……這個是玉華樓新出來的點心，味道挺好的……那個……妳帶回去給妳娘嘗一嘗。」

柳好好愣住了。如今她終於看出來，這位對自己的娘有那麼一點點想法……

大概是她的目光太過於直白，趙掌櫃不好意思地摸了摸鼻子。「上次妳娘過來詢問妳的事情，隨口提了玉華樓的點心挺好的，但是捨不得吃，我……我就想著有機會讓她嘗嘗。」

原來如此。

「那行。」柳好好笑了起來。

與趙掌櫃接觸這麼長時間，知道他是個不錯的人，若是娘和他走到一起，等到她長大後，也有人能在娘身邊照顧了。

是的，她早已給自己定下目標，不可能永遠窩在小小的柳家村。

第四十三章

柳好好拿著點心回到家裡，看著忙碌的柳李氏，便把點心遞過去。「娘，這是玉華樓的點心。」

「妳這孩子，這麼貴的點心買來幹麼？」

「不是我買的，是……趙叔買的。」

聞言，柳李氏有些詫異，但很快臉上就浮現一絲不自然的紅暈。「妳也不該拿別人的東西，這……這不好。」

「娘，別擔心，咱們和趙叔有生意來往，下次過去的時候給他帶點鹹鴨蛋就好啦。」柳好好笑了笑。「這很正常的，只要娘不多想，就沒有什麼。」

聞言，柳李氏臉上的紅暈更加明顯，眼神有些閃爍，欲言又止的模樣讓柳好好多了幾分心思。

她搖搖頭，這叫什麼？

不過她並沒有太放在心上，而是專注於自己的田。果然，今年的稻田中多了很多更加壯碩、稻粒更多的稻穗。

「真不錯啊。」柳好好笑咪咪地看著自己的成果。

遲早有一天，她要這種稻子遍布柳家村！

而時間一晃就這麼到了八月，天氣熱得讓她都覺得自己快要暈過去了。

「怎麼這麼熱啊……」明明她都穿著單薄衣服，洗了冷水臉。

「喝完酸梅湯，解解暑。」柳李氏端著酸梅汁出來，看著女兒一臉生無可戀的模樣，笑了起來。「以前怎麼沒有覺得妳這麼怕熱呢？這都已經八月了，很快就是中秋，怎麼還這副樣子？」

「娘啊，我怎麼知道這麼熱……」

柳李氏笑著，看著女兒一臉苦哈哈的樣子。「田地裡的稻子也快要成熟了，妳之前不是說了，等稻子收了之後就要蓋房子嗎？」

「嗯。」她一口氣把酸梅汁給喝下去。「娘，這次我要蓋多點，咱們這後院要利用起來，然後還想在那邊圍上柵欄，在山上養點雞鴨什麼的……對了，以後說不定人越來越多，山腳那邊，我前段時間已經買回來了，準備蓋房子讓那些兵哥們住。」

每一件事情做起來都不容易，這讓她也沒有時間在這裡說熱，該忙的還是要忙起來。

「對了好好，聽妳弟弟說，今年中秋之後書院將有場賞詩會，聽說夫子們特地請了幾位有身分的人過來教導，妳看這事情該如何是好？」

「我知道了，到時候我再去打聽打聽。」

「行，這事我也不懂，妳放在心上，可別忘記了。」

同樣的，對於這次的活動，不少人也抱著想一鳴驚人的想法。

至於早已被人遺忘的柳大郎一家，看著村子裡和柳好好關係不錯的都在賺錢，他們卻只能眼睜睜看著，卻什麼都沒有，一家人恨得咬牙切齒，卻也不敢輕舉妄動。

加上他們徹底得罪了柳王氏的娘家大哥，現在幾乎不來往了，這幾個月過得是非常的憋屈。

「得銀，你說得是真的？如果你真的被人看中，之後參加科舉就一定會高中嗎？」

「當然。」

柳得銀相較於柳家的人來說，長得算是眉清目秀，加上讀了這麼多年的書，的的確確多了一股文人氣質。說起來，在書院裡面，他的成績也是數一數二的，只是之前家裡的事情讓他行事作風更收斂起來。

但是就算再收斂，人的本性還是沒有辦法改變的。

大哥被人抓住了把柄，這段時間必須縮著脖子過日子，不知道有多憋屈。而沒有了柳李氏那邊的進項，家裡更是摳摳索索起來，他原本養成的大手大腳現在都變得斤斤計較起來，學院裡面原本交好的那些人也開始疏遠他，這口氣怎麼可能嚥下去？

他就在等這個機會呢！等到他結交了那兩位重要人物，定要把這些人給踩在腳底下！

柳得銀在心裡想了一圈，得意地拿起書，然而手中的字似乎都變成了一封封恭賀的信——那是他高中了！

不管他怎麼想，柳好好家一如既往地忙碌著。

「對，這就是我想要的樣子。」

很快就要秋收了，柳好好把自己想要的大棚模樣畫了出來，同時還有幾間房子在旁邊。裡面的擺設還要好好弄一下，雖然做不成後世那種培育室，但是簡單的也應該可以的。

「這些……」

「嗯，就按照這個圖樣去做，需要的東西你們去找，一時半會兒弄不到也沒有關係，先把大棚折騰起來。」

定安是個機靈的，但人還是小了點，辦事情一個人也忙不過來，乾脆從退伍兵裡面撥了兩個過去。

「你們三個現在當務之急就去找這些材料，其他的就不用管了。」

「知道了。」

定安跟在柳好好身邊跑了這麼長時間，遇到的人和事也多了起來，再加上原本就是機靈的，做事是越來越順手了。

她還不知道建造大棚這些需要多長時間，倒是文遠的那個書院聚會要開始了，她找了時間去書院跟弟弟商量。

「文遠，我特地打聽了，這次來的人身分不簡單。」柳好好有些擔心。「不過你還小，咱們大慶國參加鄉試的人好像最小也才十四歲，你還早著呢，所以這次也別冒頭，只要安安靜靜當個乖寶寶就好。」

柳文遠笑了笑。「我知道啦，姐，那麼多人呢。」

柳文遠無奈極了，這個姐姐啊就是這麼喜歡操心。

「我這是在囑咐你呢，就這麼不耐煩，這可不好知道嗎？」柳好好輕輕地拍了拍他的腦袋，想了想又道：「戴榮那個傢伙今年十四歲了吧，聽說準備要下場試試，這小子成績不錯？」

「姐姐很注意他？」

「還行吧，這小子驕傲又彆扭，人卻不算壞，也幫過我。說不定你們以後就是好戰友呢，咱們得現在就先打好關係，他家裡挺有錢的，好像和咱們縣城知府家還有點關係？」

柳文遠看著自家姐姐，見她努力思考的模樣，無奈地搖搖頭。

「好了，這次記得把這個帶上，這是夫子的還有戴榮的。明德，你拿著。」她說著把包好的包袱遞過去，送弟弟上路回書院。

只是柳文遠不知道，他前腳才離開家裡，柳好好後腳就上縣城了。

「給你！」

書院內，柳文遠一臉不高興地把包袱遞過去。正在看書的戴榮疑惑地抬頭，見他如此，便了然了。能讓這個孩子臉色這麼差的，肯定是和他的哥哥有關，不過奇怪的是這弟弟對哥哥的態度實在是太過了點。

他打開包袱，裡面有十個鹹鴨蛋，還有一包新做的鮮花餅，聞起來很香。

「這是你哥哥給我的？」

「哼！」

柳文遠其實非常不高興，但是想到這個傢伙在書院也算是照顧自己了，不甘心地點點頭。「拿著吃吧。」

「這東西在玉華樓的價錢可不低，想要吃還要排隊。這是你家做的？」

柳文遠看著他。「是又如何？不是又能怎麼樣？」

「不知道可否買到配方？」

柳文遠淡淡地搖搖頭，之前那種惱怒的態度也沒了。「這是咱們村的希望，你可別打什麼主意。」

「呵，我還不至於。」

戴榮家是做生意的，遇到好的自然是想要的，但是也不會用那種小手段強取豪奪。

「哼！」

「別哼哼了，你可知道這玩意能掙多少錢，真以為沒有人打主意？」戴榮嗤笑一聲，絲毫不覺得對著面前坐著的八歲孩子有什麼不能說的。「不過你們村的人也不蠢，現在知道減少產量，還算不錯。」

那可是姐姐想出來的辦法！柳文遠有些小得意。

見他這個表情，戴榮若有所思地多看了一眼，然後拿起糕點就吃起來。味道不錯，比家裡面做的要多了點鮮花味，口齒留香甜而不膩。

他雖然在吃，眼神卻時不時地看著柳文遠。

說實話，柳文遠來的時候也不過是剛剛啟蒙的程度，但是這大半年下來，竟然已經四書五經全背了下來，可以說是出乎意料了。哪怕他並不全明白意思，卻也說明他的聰明。

戴榮淡淡掃了一眼，視線便落在手邊的點心上。不得不說，這點心做得還真的是……難看。

柳好好到縣城時，天已經黑了，她帶著春娘匆匆忙忙趕去找趙掌櫃。

「好好，怎麼來了？」

「趙叔，我這裡有件事有點擔心，想找你問問。」

「妳說。」

「趙叔知道這次書院舉行的文人會嗎？」

「當然知道，咱們鳳城縣最大的文人聚會，不少青年才俊都會來呢！聽說那位張老的學生也會來。」

「張老？」

「對啊，咱們大慶國數一數二的大儒，一輩子教的學生可多著呢，但是真正被收為徒弟的，僅僅只有五十多人。聽說誰要是能得到張老一句提點，那麼今天的科考就算不能三甲，也一定會是進士。」趙掌櫃說著笑了起來。「可惜妳弟弟年紀太小，還沒到時間，要不然也該打點打點。妳知道的，這樣身分的人能來咱們這裡，不容易。」

的確不容易，鳳城縣在這靖安城裡也排不上名號，也不知道這兩位怎麼會到這裡來？

「這兩位這麼厲害啊？」

「當然了，妳是不知道，現在書院裡的人只要今年想要下場考試的，心思都浮動起來了，到處在巴結呢。」

「我明白了。」

她垂眸思索了片刻，便帶著春娘離開了，可還是有些不放心，又找了人去城裡打聽消息，才知道那兩位張老的高徒——高子雲與孟旭坤約莫是在中秋之後會到這邊。

聽說兩人是回鄉辦事，正好經過鳳城縣，再加上書院的院長和張老還有幾分交情，所以才答應留下來看看這裡的學生如何。

柳好好不知道這兩個人的品行如何，所以十分忐忑。

「春娘，讓定安再幫我打聽打聽，他不是挺有辦法的嗎？把這鳳城縣的小混混利用起來。」

「明白的，東家。」

春娘跟在她的身後東奔西跑的，再也不是那種大宅子裡只會跟著主子後面的小跟班了，見識廣了，知道的也就多了，一下子就明白東家的意思。

定安很快就打聽到了，原來柳得銀竟然和高子雲的一個小廝搭上線了，雖然不知道說了什麼。

柳好好皺皺眉。她並不想阻礙別人的前程，只是有的人若是得了勢，只怕會為所欲為。而且她並不覺得柳得銀會是一個清流之輩、大方之人，他們家一而再地在她這裡受挫，這口氣肯定是嚥不下去的。

所以，為了自己、為了弟弟、為了家人，她不能讓柳得銀真的攀上這條線，更不能讓那個高子雲對他另眼相看。

人都是自私的，她也不例外。

「定安，你讓人把柳得銀給我盯緊了，這兩天去什麼地方都給我彙報過來。記住，什麼事情都要清清楚楚的。」

「知道的。」

定安立刻就去辦。東家只要涉及到弟弟的事情，立刻變得十分嚴肅，可不能有一點點的失誤。

他把自己打聽到的消息全部彙報給柳好好，柳好好聽著來龍去脈，瞇了瞇眼睛，露出一抹狡黠的笑容，然後勾勾手指，在他的耳邊這樣那樣地囑咐了一遍。

柳得銀最近很開心，因為他從家裡拿來一大筆銀錢，終於攀上了高子雲這樣的人，想著將要到來的中秋賞詩會，那種一腳踏入巔峰的滋味，真的是太美妙了。

他一定會出人頭地的，一定會離開柳家村那個窮鄉僻壤，也會脫離家裡面的那些扯後腿的……

是的，在柳得銀的想法中，柳大郎也好、柳王氏也好，或者是他的哥哥，對於自己而言都是扯後腿的存在；一群沒有見識的，只會去占點小便宜，現在弄得一身騷，真是……

不過，柳好好一家也是太過分了，明明都是親戚，竟然會那麼惡毒，還差點弄得他身敗名裂，這口氣怎麼可能忍下去。

等等，一定要等等。

「對，就是這樣，那位好像拿到了今年的什麼東西，笑得可開心了。」

定安掂了掂手中的銅錢，笑著說道：「看來真的不錯啊，真是謝謝你了，這些拿去喝酒吧。」

「欸，謝謝了。」乞丐樂得趕緊彎腰點頭，拿著一串銅錢就跑了。

距離賞詩會還有三天，有的人很興奮，有的人很激動，當然還有很多人覺得無所謂。比如柳得銀，比如淡然的戴榮，又比如年紀還小的柳文遠。

然而不知道什麼時候開始，外面突然傳開了，說張老的弟子過來根本就不是來指導的，而是為了斂財。還說那位高少爺拿著別人塞過來的錢，把賞詩會的題目透露出去……說得有鼻子有眼睛的，讓很多人深信不已。

而剛剛跟著孟旭坤從老家回來的高子雲聽到這件事之後，整個人怒了，狠狠地整頓了手下的人，才弄清楚怎麼回事。

「我倒是沒有想到，我脾氣好，你們就打著我的名義在外面賺錢啊……」高子雲是典型的文人，平時講究的就是誠信禮義廉恥，結果呢？

竟然被自己的小廝給坑了！

第四十四章

賞詩會在月亮升起之後終於結束了，柳文遠整個人都有些累，但眼神還是亮晶晶的。

柳好好笑了笑。「那個柳得銀現在自顧不暇了？」

「對啊，因為那賄賂洩題的事情爆發出來之後，孟公子和高公子可生氣了。不過那位孟公子也的確大度，並沒有責怪，之後只出了題讓我們作詩。」

「什麼題目呢？」

「月。」

「月？」柳好好皺眉，這些人是怎麼回事，不是聽說很生氣嗎？怎麼不換題目？

「然後又以『花』和『思』為題作詩。」柳文遠一邊洗漱一邊說。

柳好好愣了一下之後瞬間明白了。原本的題目顯然只有月，可是臨時加了「花」和「思」，只怕那些作弊的人一下子就露餡了。畢竟只有學問不怎麼樣卻還想要出人頭地的人，才會用這種不入流的手段。

「真聰明啊！」

柳好好不由地感慨，悄無聲息地把這些作弊的給找出來，只怕早已經在心裡記下來。聽說這兩位可是張老的得意門生，被他們惦記上了，科舉還想高中，估計難了。

「是啊，妳是不知道，剛開始柳得銀還被誇讚一番，但是後面兩首詩簡直就是做得狗屁不通。真不知道這些年大伯母他們供著他念書都學了些什麼，那麼簡單的都不會。」

柳好好笑了起來。「你會？」

柳文遠有些羞惱。「最起碼不會狗屁不通，再說了……我又還沒有學到怎麼作詩。」見他如此，柳好好也不好繼續打擊，輕笑一聲，伸出手摸摸他的腦袋。「我弟弟最厲害了，以後一定會一鳴驚人！」

「那當然，我一定可以的。不過姐，妳知道這次最厲害的是誰？」柳文遠的眼睛亮晶晶的，自從到書院之後，他很少流露出這樣的神情，看來是真的非常高興了。

柳好好輕笑一聲。「是不是戴榮？」

既然文遠沒事，她便不再管那個柳得銀。如今稻穀要收割，大棚要搭建，房子要蓋，苗木要護理……

只是有時候自己不去管別人，人家不一定會放過。

「柳好好，妳給我滾出來！」

大清早的，她剛剛從菜園子裡回來，準備讓二丫給自己做點好吃的，就聽到外面的大叫。

就見柳王氏胖乎乎的身體杵在家門口，雙手扠腰，滿臉怒容。見到她的時候，指著她叫罵著。「柳好好，妳害我大兒子不夠，還害我家得銀！說，妳到底做了什麼，害我家得銀被書院開除了！」

柳王氏像是瘋子似的，柳好好皺皺眉，冷哼一聲。「大伯母，空口說白話可不好，妳若覺得我真的有問題，還是要拿出點證據出來，不然啊……我也不會饒妳的。」

大概是柳好好太鎮定了，柳王氏原本篤信的神態僵硬了一下，但還是梗著脖子說道：「妳在嚇唬我是不是，得銀都看見那兩天妳在縣城了！咱們家除了得罪妳還有誰，不是妳搗亂的還是誰搗亂的?!」

「很有道理啊。」柳好好摸著下巴，眯著眼睛問道：「那麼我想知道的是，我到底做了什麼?前些時日我的確去了縣城，那是因為我去看看自己的貨賣得怎麼樣了。」接著故作吃驚地叫了起來。「之前說有幾個人被書院開除了，難道得銀哥他……」

原本柳王氏過來大罵的時候，就已經吸引了不少人，再加上這段時間柳家村在村長的帶領下賺了不少錢，自然也就想要幫柳好好，所以來的人就更多了。

而且他們聽到了什麼?柳得銀竟然被書院趕回來了，而且明年三月就要科舉的前提下，這簡直就是……沒有了前程了，一點點希望都沒有了！

「大郎家的怎麼回事啊，得銀真的被書院趕回來了?」有人小聲問道。

「怎……怎麼可能！」

柳王氏這才慌張了。自己兒子的事情要是被村子裡的人知道，那可多丟人。眼神閃爍了幾下。「什麼趕回來，可別瞎說！我家得銀就是遇到不開心的事情回來住幾日，我就知道妳這個小妮子不懷好意，看看這還沒有怎麼樣呢，就敗壞我家得銀的名聲！告訴妳柳好好，我要是聽到妳亂說，別怪我翻臉！」說著，便逃也似地走了。

有人想追問，卻被村長給阻止了。「走走走，沒什麼好看的，今天的貨還有多少沒有做，不想賺錢了是不是，不想要大房子了是不是！」

於是，原本集中在柳好好家門口的人，很快就散了。

柳好好挑挑眉，樂了。

「怎麼回事啊，好好？」

「沒什麼，柳得銀拿錢作弊，結果得罪了張老的門生，書院大概是害怕被牽連吧，所以把這次作弊的都給趕出來了。」

「作弊？」

「是啊，希望在賞詩會上自己能夠一鳴驚人啊。」柳好好想了想，突然笑了。「這也算另類的一鳴驚人了吧。」

「啊，大伯他們心眼不大，別讓他們抓到了錯處，不然的話肯定不會消停的。」

「我知道啦！」

她可沒有什麼心思去管這家人，現在的重心全部放在自己的山頭上。

「周夢洋，這些稻穀小心點，別撒了啊！」

水稻終於成熟了，家家戶戶都忙著收割稻穀。

「明白的，東家您放心。」他們這些兵啥都沒有，就是力氣大。

她把自己的稻種分類裝好之後，然後指揮人把買來的東西造成大棚，雖然效果沒有後世的好，但還是不錯的；旁邊，她還建造了一個暖房。

「不錯，不錯，效果不錯。」

「東家，您造這個幹麼？」

那些大兵們好奇地在大棚裡面走了一圈。這樣大的棚子他們還是第一次見到呢，這可是花了不少錢的。

「培育花草啊，放心吧。」

看著自己這段時間的成就，她覺得心情非常好，因為隨著自己的努力，希望的東西漸漸地成型了。以後的日子會變得更好呢！

時間可以說過得很慢，也可以說過得很快。

轉眼間五年過去了，柳好好從原本一個小姑娘變成亭亭玉立的大姑娘了，秀氣的五官上有雙特別漂亮的眼睛，神采奕奕，美極了。即使穿著普通衣服，也遮不住那漂亮的光華，淺淺一笑的時候更靈動，不由得讓人臉紅。

「對對對，就是那個，你們可別傻了啊，站著幹什麼呢？」

「還有你，我讓你把這個給我弄下來，你真的是……氣死我了！」

「哎喲，教了你們這麼多遍還不會，是想氣死我嗎？對，告訴你們要是不會老……咳咳，不是，我就是想說你們這樣是不行的，花草樹木也是有生命的，你們要溫柔點……對，非常溫柔。」

說話的就是柳好好，漂亮得和仙女似的，但是真的說起話來簡直氣死人不償命，一點點大家閨秀的模樣都沒有。

不過好在其他人都熟悉了，完全不在意，好好還是那個好好啊，帶著他們賺錢的好好呢！

「對對，這一批花苗可是小心著點，別弄壞了。」

這批桃花可是她精心培育出來的，一樹雙色，樹的體積小，花是重瓣，開花的時候，樹上一半是白色一半是紅色，觀賞性高，除了她這裡有，其他的地方還真的沒有。

當她拿出第一棵這種桃花的時候，可是驚豔了百花節上的所有人。那棵桃花可是以五千兩高價直接售出。

一時間，她成為鳳城縣赫赫有名的人物，畢竟大慶王朝這麼多年來也沒有見到過這樣的桃花啊，實在是太驚豔了。也因如此，柳好好便開了自己的店——柳芳閣。

她沒有在鳳城縣開，而是把第一家店鋪開到了臨城。臨城是他們這邊最大的城市，雖然比不上蘇城那樣繁華，卻也是鳳城縣無法比擬的。在這裡，所有的東西應有盡有，花草的銷售更是超過鳳城，而雙色桃花更是這家店鋪的鎮店之寶。

「東家，這都送過去啊？」

定安現在已經不是跟在後面的小廝了，而是有更高的職位。自從柳好好把店鋪開起來之後，尋了一個掌櫃的，而定安要做的事情也就越來越多，儼然成為柳家苗圃的代表了，很多柳好好不出面的都由他出面。

他見得多了，自然知道的也就多了，這雙色桃花的價錢可不是小數目，十棵啊，就算不是五千兩一棵，三千兩應該有吧？這麼稍微一動就是三萬兩銀子啊，三萬兩是什麼概念，他都快數不過來了。

「行了，既然我能培育出來，自然就有其他人也可以，只是時間問題。再說了……十棵桃花若是可以求到我所求之事，那也算是物有所值。」

定安不說話了。要知道東家把這好不容易培育出來的雙色桃花都拿出來，就是為了小少爺啊！

今年小少爺就要下場考試了，東家說了，她相信弟弟可以考好，但是該走的還是要走的，人情這東西可不能省。

「明白的，東家。」定安自然是知道東家心思。

這幾棵樹看上去很簡單，但是價值不菲，那些文人墨客就喜歡附庸風雅，送這樣觀賞性高又罕見的樹，要比送金銀珠寶更得人心。

「好了，那幾盆牡丹也拿出來曬曬太陽，欽州的知府大人已經點名要了。還有其他的你們好好看著，千萬別弄壞了，咱們衣食父母就是這些了。」說完，還輕笑一聲，那淡淡的語調帶著幾分軟糯的鼻音，像是羽毛輕輕劃過在場的人心尖，讓幾個年輕氣盛的小夥子紛紛紅了臉。

周夢洋幾個退伍兵見狀，心裡呵呵一笑。他們可是成家的人了，不怕！

東家實在是太漂亮了，幸虧不喜歡打扮，不然這樣出門肯定會招惹到紈袴浪子。對，不管怎麼說，一定要保護好東家，不然媳婦肯定要擰他們的耳朵！

第一批來的十三個人當中，已經有八個人成家立業了。他們在柳好好的手中幹活，然後賺的錢也越來越多，不僅僅自己蓋了房子，娶了媳婦，有的孩子都出生了，這小日子可是他們曾經無法想像的。

真的感激當年宮校尉把他們推薦過來，當然更感激的還是東家，沒有東家，他們怎麼可能過上這麼好的日子，所以一定要保護好東家。

柳好好把苗圃裡面的事情安排好了之後，便準備帶著定安離開村子，因為她的花草長得最好，培育出來的稀有花木也是赫赫有名，現在完全不需要趙掌櫃……不不不，應該是繼父的照料了。

趙掌櫃在第一次見到柳李氏的時候就有種心動的感覺，後來經過幾次接觸，更是喜歡上了這個溫柔嫻靜的女子，也許不是那麼高貴端莊，但是那種溫柔貼心的呵護，才是他們這種年紀最想要的。

在兩年前，趙掌櫃和柳李氏再婚，可是轟動了整個柳家村。

「爹，娘，我還有事出門一趟，這筆生意談下來的話，咱們就可以在那邊開個店面了，到時候文遠若是到那邊學習，也有落腳的地方。」

「這樣啊……」

經歷過苦難的李美麗多了幾分成熟的韻味，這樣皺著眉擔憂的樣子，看得趙掌櫃心都揪起來了，一把抓著她的手。「別擔心，好好知道該怎麼做。而且孩子大了，總是要往外飛的。」

「我明白，但是控制不住。」

柳李氏……不，現在已經叫趙李氏把頭靠在丈夫的肩膀，一臉的擔心。

「沒事，還有我呢，不然讓焦航帶著幾個人跟著，他們的身手不用擔心。」

「也只能這樣了，好好啊……」她認真看著自己的女兒。「妳萬事小心，若是談不成也別著急，咱們家現在什麼也不缺了。」

「我知道的。」

看著他們倆，柳好好覺得自己的眼睛都要被閃瞎了，這種無時無刻都在秀的感覺實在是太糟糕了，作為女兒真的是不好意思……不過娘過得開心就好。

「這次去估計要半個多月，我會把古鳴和辛一楠帶著。放心吧，我都出門這麼多次了，怎麼可能還會那麼傻。」

柳好好笑了笑，那雙會說話的眼睛十分靈動。她自己也許不覺得，但是她的娘卻是頭疼得要死。這雙眼睛的眼尾微微上揚，簡直就像是帶了撩人的鈎子，若不是柳好好行事作風比較灑脫，真的是……一言難盡。

「東家。」

兩個男人走過來。古鳴和辛一楠是去年來的，都很年輕，一個失去了兩根手指，另外一個是因為犯錯被趕了出來，都被宮翎給介紹過來。

柳好好也不知道宮翎這個小子到底是哪裡抽風了，認定了她這裡就是退伍兵收留站，每年都給送幾個人來。若不是這些都是忠厚老實、能打能幹的，她還真的要發火了。

面前這兩個人年輕、武功高，聽說辛一楠還曾經是某個武將家的後人，家傳的槍法非常厲害，卻被人陷害，全家不是斬首就是流放，還是有人在裡面周旋了一下才把他給保了下來，送到西北軍，哪知道不到兩年就被人陷害得差點斬首。

幸虧宮翎出手幫忙，把人悄悄地送了過來，還附帶一個古鳴。

第四十五章

一行五個人，春娘自然是跟著的，不然趙李氏也不會放心。

柳好好和春娘坐在馬車上，如今的她不需要坐牛車了，這輛馬車還是特地製作的，看上去不大，但是裡面空間寬敞，車廂內鋪著厚厚的毯子，中間擺放著一個小茶几，馬車內壁還特地做了幾個小隔間，裡面擺放著幾本遊記、小吃，她就這麼悠閒地靠著，身後是厚厚的墊子，一邊喝著茶一邊看著書，太悠閒了。

而春娘更是把做好的點心放在她手能夠碰到的地方，甚至怕她噎到，還特地燒了一壺水給她泡花茶。

她對花草這麼瞭解，知道各種花的功效，大慶國的人除了把花草當做觀賞之外就沒有其他用途，可是她知道啊！各種花的功效她可是請人整理出來，然後利用橋園跟雲公子給推廣出去，現在光靠這些花茶，她都有著源源不斷的收入。

但一路上，就算緊趕慢趕也花費了半個多月才到欽州。

「不愧是離京城最近的城市啊！」

定安感慨，扭頭看著春娘，結果得到春娘的一個大白眼，他嘿嘿地撓了撓頭髮，乾笑兩聲便裝作淡定的模樣。

柳好好下馬車正好看到這一幕，突然覺得有些心塞。

在家看爹娘秀恩愛，在外看定安和春娘打情罵俏，這日子還能不能過了？難道春天來了，大家的桃花都開了嗎？不開心。

不過幸虧自己才十六歲，還早著呢！

「進去吧。」

比起蘇城那種婉約、小橋流水人家的嬌俏，欽州更顯得大氣莊重，一進城門就給人一種威嚴感，也很熱鬧，但更多的是低調大氣。

「東家，我已經讓人提前安排好了客棧，先去休息。」

「好。」

「喲，我說小子，來欽州都不和我說一聲，這可就不厚道了啊！」聽到這種戲謔中帶著幾分慵懶的調侃，柳好好眉頭跳了跳，然後趕緊換好衣服，把自己的臉給弄了一下才去開門。

雲溪瀟灑地走進來。幾年過去了，他從那個還有些稚氣的少年變成了豐神俊朗的美男子，通身的貴氣即使想要掩飾都遮不住，更別提那處於上位者的威壓。若不是他們早早認識，對方刻意放低姿態，只怕現在柳好好和那些人一樣，連正眼都不敢看了。

「雲公子。」

柳好好知曉對方身分不簡單，所以態度不顯得諂媚也不疏離，哪怕不知道實際的身分是什麼，但是不管什麼時候，處於高位的人既然願意和你相處，自然是不喜歡那種畏畏縮縮或諂媚狗腿的模樣。

再說了，她和這位少爺還是夥伴關係呢。

「文近啊，讓你這麼遠趕過來真是不好意思，怎麼不早點說，本少爺讓人去接你。」

「哪需要這麼麻煩啊，我這樣做生意的天南海北地跑早就習慣了，沒那麼嬌貴，再說雲公子給我安排這個房間已經非常好了。」

「你滿意就好。」

雲溪大大方方地坐在椅子上，對於她的感激照單全收，整個人慵懶而帶著幾分撩人的風情，那張英俊得沒有一點瑕疵的臉真是走到哪都是惹人尖叫的存在。

「上次送給我的四色牡丹，我很喜歡。」雲溪甩著扇子，眼中流露出一股風華。「可是幫了我很大的忙呢。」

「那就好。」柳好好輕笑一聲。「能幫上忙也是不錯的。不過四色牡丹我總共也就三棵，不知道能給我多少錢呢？親兄弟明算帳，就算你投資可以分紅，也不能從公家拿東西是不是？」

那雙怎麼也遮不住的眼睛帶著幾分靈動和狡黠，雲溪的眼眸暗了暗，但面上卻依然談笑風生，好不自在。

「既然好好這麼說，本少爺也不能特別點啊……」

是的，這位大少爺已經知道面前的小老闆有個「好好」這樣的小名，偶爾逗趣的時候就喜歡喊一聲。一開始，柳好好十分警惕，但是隨著時間的推移也就漸漸放鬆下來。

誰能證明叫好好的一定是女孩子，要知道很多人為了把兒子養大，可是特地當女兒養的！

「喂，好好說話，這樣雞皮疙瘩都起來了。」

「是嗎？讓本少爺看看。」

說著雲溪就要上前掀開她的衣袖，嚇得柳好好趕緊把胳膊放下去。「注意點啊，被人看見了可不好。」

面上似乎有些遺憾，不過雲溪倒也沒有繼續調侃，而是轉移話題。「這是一萬的銀票。」

「這麼多？」

「不算多了，比起幫我做成的事情來說，微不足道。」

「那……多給點？」

「得寸進尺！」說著，他拿著扇子輕輕地敲了敲。「這麼多錢還貪心。」

「那也是上了公帳啊，到時候還有分紅呢。」柳好好迅速把銀票收起來，默默想著，果然還是稀有的花值錢啊，看她辛辛苦苦賣樹一年也不過才幾千兩銀子，這一棵就已經一萬了，一夜暴富的感覺棒棒噠！

看她笑得眼睛都瞇起來了，雲溪嘴角勾了勾。「上次你送的花茶效果不錯，我母親和姑姑都很喜歡。對了，還有沒有什麼新品，讓我回去好好嘗嘗。」

「有，前段時間收集了一些百合花，我讓人做成了茶，你回去泡，安神效果不錯。對了，還有些百合，可以入菜。」

「百合？」

柳好好也是無意中在山野間發現了幾株野百合，挖回來好好地培育一番，現在百合花雖然不多，卻也成為了他們那裡特有的，只不過為了保證數量，她還沒有準備拿出來賣。

春娘趕緊把帶來的東西打開，一包百合茶，一包食用百合，散發著淡淡的清香味。

「這可是好東西，產量現在還不高，我都捨不得拿出來呢。」

說著，還是一臉的「要不是看在你是合夥人的分上，我才不拿出來」的神態，讓雲溪哭笑不得。

「好了，聽說你明天約了常順談一筆買賣？」

「常老闆？」柳好好詫異地看著他。「你認識？」

「也算是見過兩面吧。」他把腰上的一塊玉石拿下來遞過去。「帶上這個，想來那位常老闆也會給幾分薄面。」

「不會是熟客吧？」

「算不上，按照正常生意談便好。」說完，雲溪拿著桌子上的兩包百合便晃悠悠地離開，只是站起來的時候，視線落在她腰上的那塊玉珮上，目光若有所思。「這玉……不錯。」

「嗯，朋友相贈，所以便隨身攜帶。」

「喔，朋友啊……看來是關係不錯的朋友，不然本少爺送你的東西怎麼沒有見到你帶著呢？」雲溪幽幽說，看到她臉色變了變，又呵呵地笑著離開了。

莫名其妙。

但有了雲溪的玉珮，生意談得非常輕鬆，辦好了之後，柳好好便趕緊去找店面。

「老闆，這鋪子位置可是在咱們欽州最好的街面上，您看看這大門正對面的商鋪是咱們欽州最出名的首飾、成衣、繡莊呢。再看看那邊，可是陳記的點心鋪子，王記的糧油店……您只要一看就知道了，這個位置真的是……」對方笑咪咪誇讚著，表示這裡真的非常好。

柳好好轉了一圈。這是個帶著後院的房子，前面是店面，後面可以做倉庫也可以做花房，看上去還是不錯的，位置也真的好，她有些心動，便和展明商量一下，決定拿下來。

一個月不到，這裡就按照她的要求做好了，唯一遺憾的就是沒有玻璃，櫃檯上展示的東西看不見，所以她乾脆讓人把櫃檯的面做成鏤空的，這樣雖然不是很全面，至少也能看見部分。

她還特地弄了些水晶的小瓶子，準備用來裝花茶。

另一邊則是大大小小的花架，連房子的上面都做了些專門用來掛東西的網格，這樣可以掛一下藤蔓植物。

很快，欽州的柳芳閣便開業了。

「這小子的速度倒是挺快的啊！」展明看著手中的請帖笑了笑。「不過你現在有時間過去嗎？」

雲溪笑了笑。「我沒有時間，你難道沒有時間？」

「呵，這又是讓我當跑腿呢！我倒是不知道王爺原來這麼看重他呢！」他輕笑一聲，隨口說道。

雲溪見狀，什麼也沒多說，倒是讓人把賀禮給準備好了。

五月初二，天氣晴朗，明媚陽光灑在大地上，柳芳閣的大門早早就開了，請來的兩個小夥子都是聰明伶俐的，在定安的帶領下穿著乾乾淨淨的衣服，站在門口，點燃鞭炮，噼哩啪啦的一頓炸，吸引了無數人的目光。

然後定安雙手一拱。「各位鄉親父老，鄙人初登貴地開個小店，還請大家多多照顧。這裡有各種各樣的花草，還有新鮮花朵做出來的花草茶，請各位進來看看。今日開業，東家說了開心，只要你們看上的，一律八折！另外還有小禮品贈送！」

不管是什麼，打折還有禮物，這可是從來沒有過的，很多人被這樣的優惠給吸引了，紛紛湧進去，立刻被裡面的佈置給震驚了。

「這……簡直太美了！」

放植物的地方可以說真的是精心準備，含苞待放的花擺在明處，然後是綠植，上面掛著藤蔓植物，直直垂下來，簡直不要太美。

為了讓人分辨這些植物，柳好好還特地找人製作了小牌子，上面寫著植物的名稱、分類、開花時間、作用等，十分貼心。

而另外一邊的櫃檯上面擺放著各種各樣的花草茶，水晶盞襯著各式各樣的乾花，別有一番風味。

「這是……」

「花茶。」機靈的小二立刻湊上去，笑咪咪講解道：「各位不用擔心，這些花就像是茶葉一樣製作出來的，但是更香更純，而且每種花都有特定的功效。您看這是玫瑰做出來的，能養顏美容，讓您從內到外的變美……若是您不喜歡這種味道，還可以加上蜜。」

柳好好並沒有出面招呼，她就站在人群中觀察著。

買花草的人不多，至於花茶，銷量還是不錯的，因為比起茶葉要便宜很多，又好看又好聞，不僅如此還打折送禮，進來看的人都或多或少地買了一點。

柳好好其實已經想到，自己給雲溪帶去的花茶應該是入了某些人的眼，但是沒想到竟然這麼有效果。

「東家，今天咱們賣出去十盆杜鵑、三盆蘭花、五盆綠蘿……」定安笑咪咪地算帳，發現東西雖然打折了，但是依然賺了不少。「咱們今天賺了二百兩。」

柳好好點點頭，二百兩去掉各種成本，想來也只賺了五十兩。這是開業呢，人多，要是後面……想著，她輕輕地拍了拍腦袋。真是想多了，她賣的東西有些新穎，不能馬上接受是正常的；而花花草草這些東西又不是生活必需品，自然買的人不會天天都很多。

「好，我知道了。定安，這段時間你留在這裡，讓我看看有沒有能力把這裡打理好。若是可以的話，以後……」就見定安一臉激動的模樣。「自然會提拔。」

「謝謝東家，謝謝東家！」

定安怎麼可能不激動，以前他是一個沒人要的奴僕，然後幸運地遇到了東家，接著跟在東家身邊學到了很多，現在東家竟然讓自己當一個掌櫃的！

一邊的春娘也十分激動，小臉都透著紅暈。

柳好好見狀，斜著眼睛。「定安，做得好，本少爺到時候自然會為你做主，成婚一事也會提上來。但若是……你知道我是沒有那麼好脾氣的。」

「知道的，謝謝東家！」

這下春娘也覺得不好意思了，跟在定安的身邊給她磕了一個頭。這下還有什麼不明白的呢？好憂傷，身邊的人都是成雙成對的。

二丫都和焦航眉來眼去了，現在春娘和定安也過了明路……對了，還有明德，那小子現在跟在文遠身邊，也不知道怎麼想的，好像還沒有動靜。

此時，被姐姐念叨的柳文遠手中拿著書，旁邊一杯熱茶冒著煙，徐徐的茶香在鼻尖縈繞。

黑色的頭髮靜靜地垂在腦後，配上身上那白色的書院服裝，更是對比地鮮明。

「少爺……」

身體已經拔高很多的明德穿著藍色書童服，不知道是不是最近幾年的伙食比較好，原本瘦弱的他竟然長成了大個子，身材也強壯很多，加上時不時跟在家裡那些退伍兵們身邊學習幾招，現在不像書童，反而像個護衛，在書院裡倒也是別具一格了。

「放那裡吧。」

輕柔的嗓音乾淨，帶著幾分少年的稚嫩。柳文遠緩緩放下手中的書，抬頭看著明德，眼神淡漠而平靜。

柳文遠已經十三歲了，早沒了當年蠟黃乾瘦的模樣。如今的他斯文俊秀，那雙眼睛像極了柳好好，眼尾有些上揚，笑起來總是給人幾分不經意間的韻味，讓人面紅耳赤。

不過，柳文遠很少笑，讓這雙眸子充滿了冷淡和疏離。但正因為這樣，讓他多了幾分禁欲色彩，有了另外一種致命的魅力。

「還沒有回來嗎？」

淡淡的嗓音好像沒有情緒似的，但是明德跟在他身邊這麼多年，熟悉少爺的各種神態和語氣，自然感覺到對方語氣中的思念。

「快了，聽說已經在回來的路上了。」

柳文遠端起茶水喝了口，又吃了一個點心，才拿起書，卻怎麼也看不下去了。只好站起來走到窗邊，看著窗外一片鬱鬱蔥蔥的模樣，眼中劃過一絲笑意。

第四十六章

扭過頭，他看著放在窗前的那盆墨蘭，伸出手輕輕撫摸了一下，眼中的眸光變得越來越柔和。這株墨蘭是姐姐花了三年培育出來的，也是唯一一株成功的，本來姐姐說要拿出去賣，卻抵不過他的喜歡，就給他送過來了。

這獨一無二的東西才是最貴的。

況且，大慶國文人喜歡附庸風雅，而有錢人喜歡跟風，一盆稀有的花草到底值多少錢，柳文遠就算不做生意也知道，所以姐姐那個財迷直接把花送過來，這說明什麼？

姐姐總是這麼好呢……

大概是看到墨蘭，心緒平靜了許多，然後慢悠悠走到書桌前又看起書來。

他說過的，要高中，要給姐姐一片天。

柳好好安排好欽州的事情之後，便帶著春娘幾人又風塵僕僕地往家裡趕。古代就是古代啊，這交通實在是讓人承受不來，等到鳳城縣的城門出現在眼前的時候，她終於覺得活過來了。

「爹。」

「好好回來了？」

趙掌櫃聽到熟悉的聲音，見她除了疲憊之外沒有任何問題，笑了起來。「回來就好，回來就好，我讓妳娘給妳做點好吃的，看看這都瘦了。」

「沒有，爹，你這是關心則亂。」

「妳這孩子……累壞了吧？真是的，要我說以後不要這麼辛苦了。」趙李氏又開始絮絮叨叨說著，眼中都是憐愛。「在家好好歇著，別到處跑了，咱們家現在不缺吃不缺穿，挺好的。」

「娘。」柳好好笑了起來。「我知道娘擔心，但是我並不僅僅是為了賺錢，是我喜歡這個。」說著還抱著趙李氏的胳膊撒嬌，讓做娘的心都軟了。

「妳啊，就會這一招。對了，過幾天大虎要訂親，妳可不能不在家。」

「這麼快？」

「快什麼快，都快要二十的人了才剛剛訂親，說出去很光榮嗎？不僅僅大虎，還有村長家的大孫子也相好了……」

「等等，我就出門兩個月，怎麼都好事臨門了。」

趙李氏簡直要笑了。「妳常年不在家，村子裡的事情妳關注了嗎？」

柳好好想了想，自從村子裡的作坊上了正軌之後，好像就沒有做什麼了。而且管理都交給村長，甚至連原來的分紅制都變了，她把屬於自己的股分都放棄了。

不過村長也問過幾次，她提了幾個建議之後，越做越好，連縣令大人都非常滿意，甚至非常欣賞柳家村這種帶動周圍發展的舉動，村子裡的人現在可是越過越好了。

柳好好剛到家門口，大黑就像是箭一樣地衝了出來，甩著尾巴不停地轉著，還激動地站起來，雙腿扒在她的膝蓋上，低聲叫著。

她笑了起來，伸出手摸摸狗頭，惹得大黑更是興奮異常，伸出舌頭就要舔她的臉。

「啊，夠了啊，再瘋下去沒有肉吃，自己去抓兔子！」

二丫早早就帶著幾個人把房間收拾出來，如今的二丫已經不是當年那個一竅不通的鄉下小姑娘了，可是柳家的大丫鬟，手底下還有好幾個人給她使喚呢，幹起事情來特別俐落。

然而，不過幾日——

「東家、東家！」春娘氣喘吁吁地跑進來，差點摔了一跤。

「怎麼了，這麼毛毛躁躁的。」柳好好白了一眼，今天在家裡穿的是女裝，長髮梳了簡單的髮髻，插了一支木簪子，不說話的時候就是一個小仙女，一說話，啥仙氣都沒有了。

「聽說西北那邊打起來了！」

柳好好吃了一驚，愣住了，傻傻問道：「那邊……那邊不是經常有點小磨擦，打起來……不是正常的嘛？」

雖然這麼說，但又莫名覺得這一場仗不是自己想的那樣。

「不，不是的，我也說不好，好像很危險……」

「辛一楠！」

「東家。」

「西北那邊到底怎麼回事？」柳好好臉色有點白，不知道為什麼這一次總覺得很不安，明明打仗和他們這邊離得很遠，為什麼會這麼緊張呢？

辛一楠看了看她的臉色，眼眸一沈。「知道，我很快就會回來。」

這一天，柳好好都是心驚膽戰的，有些慌亂，又覺得自己小題大做，宮翎那個傢伙本事大、有能力，不會怎麼樣的……要知道一個人只用五年就從校尉做到三品參將，可見其本事了。

「東家。」夜幕降臨時，辛一楠回來了。

「怎麼樣？」

「西北邊境的確要打起來了，只是宮翎參將那邊……有些危險。」

「為什麼？」

「糧草跟不上。」辛一楠雖然語氣平靜，但是垂在身側的雙手卻緊緊地握著。

柳好好看了一眼，便明白是怎麼回事了。

「意思是，現在朝廷下令讓有錢的出錢，有糧食的出糧食？」柳好好看著辛一楠，有些不敢置信，問道：「咱們國家很窮嗎？國庫銀子都沒有了嗎？」

辛一楠的眼中劃過一絲意外。「不是，是因為第一批糧草出問題了，現在再來太慢了，所以就想著從民間籌集。」

「原來這樣啊！」

柳好好想到這些年和宮翎之間的通信，雖然幾年來兩人一面都沒有見到，但是那種已經進入到彼此生活的感覺卻不是假的。

所以，不管怎麼樣，什麼民族大義也好、私人感情也好，柳好好也不會就這麼不管不問的。

她對辛一楠說道：「你去找一下周夢洋還有焦航他們，讓他們儘快在村子裡收糧食，只要是吃的都行。另外你帶幾個人去鎮上買穿的、用的，別怕花錢，知道嗎？」

「明白的。」

辛一楠原本以為東家只是捐點錢，卻不想她竟然願意花時間精力做這麼多。

「若是鳳城縣買不到就跑遠點，先送一批過去，之後的再說。」

柳好好很著急，這邊離西北還是有些距離的，就算快馬加鞭，但是帶著物資也不會多快，算了算最少也要半個多月。半個多月的時間啊……不知道那邊會發生什麼？

「好好啊，這些天妳吃不好睡不好，可別熬壞了。」

「我知道的。」柳好好苦笑一聲。「娘，我就是有些擔心。」

李美麗的眸子裡面閃過一絲異樣，定定看著神思不寧的女兒，嘆口氣。「妳……這是為了誰啊，那個叫宮翎的小子嗎？」

「我……也不算吧。」

「知女莫若母，妳也別瞞著我了，這些年妳和那個叫宮翎的書信來往，難道我還不知道嗎？我就是擔心妳若是把一顆心放在他身上，可是那人是否知道？是否能給妳一個……」

「娘說什麼呢？」柳好好簡直哭笑不得，怎麼突然間就說到這裡了。

現在的趙李氏能不擔心嗎？柳好好已經十六歲了，若是再不說親的話，到時候豈不是成為整個村子的笑話？

他們家現在什麼沒有，難不成給閨女找個婆家都找不到？若是真的看上那個叫宮翎的小子，也可以好好商量一下，但這樣什麼都沒有地吊著豈不是太……

「好好，娘也不是催妳，娘知道妳不是很喜歡說這個，但是除了這個，娘也想不到什麼原因啊？」趙李氏有些無奈，看著女兒一直不感興趣的模樣，覺得做娘親的心，女兒怎麼就是不能理解呢？

柳好好默默地嘆口氣。「娘，我知道了，我只要看上了一定和妳說啊。」

「妳也上點心。」

「我知道。」

柳好好無奈，等娘走之後，讓人端來幾樣水果，坐在院子裡的大樹下慢悠悠地吃著。

要說，鳳城縣這邊離西北並不是很近，但是因為她得到消息比較早，再加上手中有錢、辦事迅速，第一批糧草很快就弄好了；再加上運送的人是辛一楠，一個心裡迫切想要趕過去的人，所以他們的糧草竟然是第一批到達的。

此時，一場戰事剛剛結束，空中都是灰土和血腥的味道，充斥著所有人的鼻尖。他們的身後便是潼關城，那裡住著數十萬的百姓，而這裡是大慶國門戶，不能有任何的閃失！浴血奮戰，不可後退——這是他們作為軍人的職責，保護一方水土，即使戰死沙場也不能有退縮的想法。

這一場仗，潼關軍士們用生命抵禦了外敵侵略，雖然趕走了敵人，卻也損失了不少人。現在士兵們正在打掃戰場，而將士們卻已經聚集在一起商量後面的事情了。

鐵木年一臉疲憊，但是那張方正的臉上卻有著堅毅，身上的鎧甲還帶著已經乾涸的血漬，身上還有很多傷痕，觸目驚心。

「這件事情皇上自然是有定奪，你我是這裡的將士，帶領著士兵守好咱們大慶國的邊境是義不容辭！其他的不用再說，我已經得到消息，皇上已經在想辦法了！」

「可是將軍，咱們的糧食堅持不了幾天了！」

就在他們爭執時，士兵匆忙跑進來跪在地上。「報告大將軍，外面有人過來，說是要找宮翎宮參將，說是……說是奉東家的命令送糧草過來的。」

「什麼？趕緊去看看！」

一大群軍漢子們就這麼衝了出去，而看到糧草的士兵們也圍成一團，雙眼放光，激動得手都在顫抖，一看到大將軍又紛紛往後退，卻抑制不住內心的激動。

「草民辛一楠拜見將軍。草民的東家聽聞西北戰事吃緊，便籌集糧草讓草民快馬加鞭送來，以表敬意。」

所有人都震驚了，他們看著一眼望不到邊的糧車，久久不能說話。

鐵木年沈默片刻。「多少？」

「東家說了，因為時間緊迫，一時半會兒湊不到太多，便讓草民先帶著五十萬石的糧草先過來，還有大約八十萬石在後面，會陸續送來。」

辛一楠的聲音也有些激動，要知道這一百三十萬石的糧食，幾乎是東家把所有的都拿出來了，這份情誼可不是僅僅為了一個什麼功德碑。

「好！好！好！」

鐵木年激動極了，上前狠狠地拍了一下辛一楠，扭頭看著宮翎。「好啊，你這個朋友交得好啊！」

一直沈默不出聲的宮翎看了眼辛一楠，面無表情的臉上閃過一絲柔和，那嘴角也勾起。

眾人打開，看著白花花的白米，還有一個個拳頭大的番薯，黃豆、黑豆、小米、麵粉、蕎麥……肉類是醃好的各種肉，但是這種天氣也不適合長期保存，所以還有很多醃製的小菜，幾乎是只要能吃的都有。

「傳令下去，今晚給士兵們加餐！」

「是！」

士兵們這段時間要打仗殺敵，每天卻根本吃不飽，一頓稀飯加兩個窩窩頭，連鹹菜都沒有，更別說肉了；現在送來了這麼多吃的，別說白麵饅頭了，就是肉都能吃得上，能不開心嗎？

得到這個消息，整個營地都振奮了。

此時，被帶到主帳中的辛一楠恭敬地站在那裡，面對著十數個將軍的目光掃視，依舊不卑不亢。

「好小子，是個苗子，不愧當初參將費力保下你！」

「的確要謝謝參將。」

「你的東家不錯，到時候本將軍一定會上報朝廷，記他一功。」鐵木年擺擺手。「行了，你這樣子看來還是有什麼話和宮翎這小子說的，你們去吧。」

「多謝！」宮翎雙手抱拳，帶著辛一楠就離開了主帳。

走出主帳，辛一楠看著宮翎，一向沈穩的他竟然有些激動。

「參將！」

「嗯。」宮翎大刀闊斧地坐在自己的帳裡。「坐。」

辛一楠還是有些激動，但規規矩矩地坐下。「參將，草民非常感激，若不是您的舉薦，我也不會在柳家村生活下來。」

「他……可還好？」

辛一楠其實有些糾結，自家東家是個女兒家，還是非常有能力的女兒家，可宮參將明顯是把東家當做好兄弟，但是哪個兄弟在聽到對方消息的時候是這樣的表情？冷面神都柔和了下來，實在是太古怪了……參將到底知不知道東家的身分啊？

「他可好？」

「很好。這是東家讓草民帶給參將的。」

說著，把身邊的包袱拿出來打開。裡面除了一些點心之外，竟然還有數十張銀票，最小的一百兩，最大的都有五百兩，加起來都有好幾千兩銀子了。

「東家說了，她也不知道這邊需不需要銀子，但是能花錢的地方還請參將不要省著。」

宮翎臉上的表情更柔和，點點頭道：「代我謝過他。」

第四十七章

辛一楠的嘴角抽搐了下，看著宮翎的表情，突然覺得這位參將是不是斷袖啊……

「東家說了，會盡力多送點糧草過來。」辛一楠把心思收起來，認真說道：「參將也莫要著急，上面已經命令讓人到民間籌集糧草。東家也沒有太為難，所以參將不要擔心，想來很快就會有其他的糧草到了。」

宮翎點點頭，看來文近這小子做事還是比較靠譜的。

「他的生意看來不錯。」

想到當初分開的時候，還是那麼小小瘦瘦的，沒想到幾年不見竟然能成長到這個地步。看看自己，宮翎突然覺得這些年從小兵到參將還是太慢了點。

不然到時候回去，小子都已經變成大富豪了，自己卻還是一個三品而已。

宮翎想了想。「你等著。」說著站起來從自己的床鋪下面拿出一個東西來。「這是這邊特有的玉石，我也不知道他喜歡什麼，你帶回去給他。」

辛一楠看著手中黑色玉環，點點頭。「我知道了。」

幸虧是一個玉環，要不然東家還不能戴呢。不過印象中，東家身上帶著的玉珮好像也是宮參將送的。

「還有這個。」

辛一楠一看，是個精緻的木雕盒子，雖然好奇裡面是什麼，他也沒有擅自詢問，點點頭把東西放到包袱裡面，雙手一拱便轉身離開。

而身後的宮翎看著十幾張銀票，神色莫名，然而勾起的唇角確實顯示了他的好心情。

柳好好覺得自己一個人的力量實在是太小了，決定發動所有人的力量。

「各位，有錢的捐個錢，沒錢的捐糧食、衣服，哪怕是一根蠟燭都是好的！這個時候，咱們大慶國的子民們怎麼可以冷漠地看著他們在那裡拚殺。那些士兵們都是有血有肉的，有家有親人，他們為什麼連命都不要？就是為了家人，為了咱們的國！

「我們不能讓他們流血又流淚，他們保護著我們，而我們也要奉獻出自己的一點力量，讓那些蠻夷知道咱們大慶不是好惹的，咱們大慶是上下一心的，讓那些無恥之輩從哪裡來滾到哪裡去！」

也不知道是不是說得特別有渲染力，很多人都開始捐錢、捐衣服，還有糧食的。

「我們知道那邊戰事吃緊，這些餅是俺和俺家的孩子連夜做的，可以不？」

「可以可以！」

這時，幾個人牽著馬站在不遠處，看著這邊熱火朝天卻又井然有序的募捐行為，神色複雜。

「聽說這是文近計劃的？」

「嗯。」青衫男子搖搖頭，感慨道：「才十幾歲的孩子呢，就有這樣的胸襟和魄力，著實讓人汗顏。想想那些人……真是……」

「雖然效果好，卻也成了出頭鳥，幼稚。」

「可是這赤子之心卻是不得不稱讚，咱們國家還是需要這些人的。說商人重利，眼界淺薄，但是民間還是人才濟濟的。想來咱們的雲公子也不會眼睜睜看著文近陷入險境的。說起來，文近還是幫了我們的大忙。」展明笑了笑。「之前還在擔心如何籌集，沒想到這小子倒是把王爺的臺子給搭好了，還有什麼好擔心的？咱們也不能光看著百姓們出，那些富賈也該出點血了。」

「等等。」

「怎麼了？」

「既然看見了，咱們也不能袖手旁觀。」說著，旁邊的人就遞過來一個小荷包，掂了掂覺得有二十兩左右，便走過去把錢扔到募捐箱裡面。

「欸，謝謝這位爺，祝您萬事順心！」站在旁邊的人就說起祝福話。

展明有些樂呵，也走過去扔了十兩銀子，在對方的道謝聲中離開。

柳好好知道各地的募捐還是不錯的，清點了一下物資，知道辛一楠還沒有回來，便讓周夢洋帶著這批募捐過來的先送去。

前前後後，她送去的已經超過了一百三十萬石，這樣的數量即使是鐵木年也吃驚。他真沒有想到一個小小的商人竟有這麼大的舉動，自然對他大肆褒獎，奏摺上也提了提柳文近的名字。

「東家。」

「你回來了，路上還好嗎？」

柳好好把手中的帳本放到一邊，看著辛一楠的面色，想著大概事情要好很多。

「是的，把糧草都已經送到了，大將軍十分開心，還讚揚了東家。回來的路上我看到了不少的運糧隊，想來那邊的困難應該能解決了。」

「呼……」

聽到這消息，柳好好吐出一口氣，雙手放在臉上狠狠地搓揉了幾下，心中的那塊大石頭終於是放下了。

「宮翎呢，可還好？我聽說參將是要上陣殺敵的，沒有受傷吧？」柳好好對這個時代的官職不是很熟，卻明白想要掙個好前途，必須要捨得，只是冷兵器時代是真的很殘忍啊……

辛一楠看了她一眼，把宮翎要自己帶來的東西拿出來。「這是參將讓我給東家帶回來的。」

柳好好打開一看，無語了，竟然又是一個玉飾。這貨怎麼就喜歡這些東西？想到他這些年送過來的，沒有二十也有十個，但她最喜歡的卻是當初那小子走的時候留下的那一塊，挺精緻的，而且一看就是上好的玉石，從水頭上來看，估計是貼身帶著的東西。

「還有這個。」說著，他把盒子遞上去。

這是一個木頭盒子，雕刻著大朵的牡丹，雖然手藝不是很好，倒也不是非常難看。一打開，裡面竟然是一個小竹笛。

竹笛小巧，外面還刻著花紋，仔細一看和盒子的手法一樣，比較質樸。

柳好好摸了摸，這個宮翎有時挺細心的，自己上次在信裡面無意間說到了小時候吹竹笛的事情，沒想到這個傢伙竟然就送來一個。她放在嘴邊吹了一下，清脆悠揚的聲音就出來了。她笑了笑。「倒是一個好玩意。」

「看這個手藝，應該是參將自己做的。」

其實辛一楠不說，柳好好也看出來了。這種看著就被嫌棄的手藝，除了自己做，其他人也做不出來。

「真是有心了。」她目光柔和了一下。「不知道怎麼謝他呢……」

等到辛一楠離開之後，她拿著竹笛輕輕吹奏起來。其實她的技術不高，只能勉強地吹成調子罷了，只不過很多都是這個時代沒有的曲子，乍一聽覺得新穎好聽罷了。

「不錯。」

一個蒼老的聲音響起來，她抬頭看了看大樹，笑了起來。「謝謝啊。」

「不客氣。」樹葉嘩嘩響著。

柳好好靠在樹幹上。這是一株三年前讓她發現能夠交流的樟樹，所以她乾脆把這傢伙栽到了院子裡，偶爾彼此聊聊那些無法和其他人交流的話。

一下子忙了這麼久，擔心得要死又焦慮，讓她覺得腦袋昏昏沈沈的，模糊間似乎聽到誰的尖叫聲。

真是吵人啊……

嗓子怎麼這麼難受，好想喝水……

「水……」

努力了半天才擠出這個字，柳好好眨眨眼睛，不明所以，但是旁邊的李美麗聽到女兒的聲音之後，頓時淚眼婆娑。

「妳這個孩子，我和妳說了多少次了，咱們家現在不缺吃不缺喝，這麼拚命幹什麼啊？妳想嚇死娘是不是？」

「娘，我怎麼了？」

「還說怎麼了，妳生病了，還起了熱！」

李美麗氣得伸出手指想要戳戳她腦袋，但是看著女兒臉色蒼白的模樣，又心疼，伸出去的手便收回來，惡狠狠地瞪了她一眼。

「藥來了、來了。」

「娘，苦。」

「苦一點好，我可是讓胡大夫特地多加了點黃連，不苦妳不長記性！」

「娘，我是妳親閨女嗎？至於這樣嗎？」就算不想喝，面對親娘的目光，柳好好也不得不捏著鼻子喝下去。

喝完之後，李美麗趕緊拿起蜜餞塞到她的嘴巴裡，頓時，酸酸甜甜的味道遮蓋住了原先的苦，讓柳好好愉悅地笑了起來。

「妳啊……」

「還是娘疼我。」

「知道娘疼妳，妳還不好好愛護自己的身體，這是覺得娘過的日子太安穩了是不是，折騰起來了。」

「哪有啊，我是真的沒想到。」柳好好趕緊舉手投降。

「哼，我倒是好說，我看看妳怎麼和文遠說。」

「文遠回來了？」

「是啊，妳昏睡了兩天一夜，熱了一天，可把我們嚇壞了，生怕妳……欸……」說著，李美麗的眼淚又下來了。當年二郎上山因為摔壞了腿，在雪地裡凍了好幾個時辰，回來之後就開始發燒，斷斷續續地熬了一年，結果還是去了，這感覺真的不好受，所以女兒一生病，她就怕得魂不守舍。

「娘，對不起。」

「光對不起就有用了。」清淡嗓音帶著幾分不滿，柳好好抬頭就見弟弟穿著白色長衫，面無表情地走進來，手中還端著東西。

「文遠啊，什麼時候回來的？」

「不回來我都不知道妳竟然這麼有本事。」柳文遠眉眼間都是不贊同。「妳啊！」

這種無奈又寵溺的語氣是怎麼回事，文遠才十三歲！這小子就算這一年長得比她還高，那也是弟弟，怎麼可以這麼說話，大不敬！

「你們倆好好聊聊，我去給你們準備吃的。好好剛醒過來可不能吃油膩的，我得看著廚房那邊。」

等到李美麗離開之後，柳文遠把手中的東西放在床頭櫃上。「這是讓廚房剛剛做好的玫瑰餅，妳吃點吧。」

柳好好昏迷這麼久，自然是餓了，爬起來就吃。嘴裡還是有點苦的，這鮮花餅的味道就這麼把最後的一點苦味給遮蓋下去，心情也好起來。

柳文遠見她這樣，嘆口氣。「妳說妳這樣，我怎麼放心去參加考試呢？」

「這話不對啊，你姐姐我偶爾生個病是很正常的，可別把我當成瓷娃娃一樣。」柳好好白了一眼。「科舉考試是你自己的想法，不過你要是不去，我也不反對，反正你還小呢，下一次再參加也是可以的。」

「我想試試。」

柳文遠倒也沒有想到這次就能有個什麼成績，不過就是想要嘗試那種氛圍，看看題型；若是考中便是好事，考不中那也是給自己增加經驗。

「行，我知道你自己有主見，我也不多說，你看著辦，有什麼需要的就和姐姐說。」

「好，不過妳一定要把自己身體照顧好，哪兒也別去了，不然我不放心。」

「行，家裡的事情也很多，哪有時間到處跑。」

接下來聽著柳好好說著家裡的花花草草，那充滿神采的樣子，柳文遠覺得這個姐姐是沒得救了。

不過，姐姐喜歡就一直做下去吧，等到他有權力之後，護著姐姐還是可以的。

柳文遠的心裡其實是有一個帳本的，這些年，姐姐對他的好全部都記在上面，他唯一的想法就是讓自己變強，護著姐姐，讓她想幹什麼就幹什麼；喜歡花花草草那就種花花草草，喜歡賺錢那就大大方方地賺錢，不用這樣操心。

姐弟倆又說了一些話之後，柳好好還是有些疲累，雙眼都睜不開了，柳文遠便沒有繼續打擾，讓她睡了一會兒。

「你姐呢？」

「睡著了。」

「你有沒有告訴你姐，明天就要出發了？」

「沒有。」

「文遠，你是不是……是不是怪我？」

李美麗當初改嫁的時候，柳文遠是反對過的，但是被柳好好說了一頓之後就消停了，不過從此性子就變得更淡漠了。在家裡就算是笑著，似乎也隔著一層。

這讓李美麗十分難過，卻不知道怎麼面對。

「娘。」

柳文遠也有些無奈。他的性格根本就不是因為這件事好不好，在書院裡待久了，自然學會了如何收斂自己的情緒。而且夫子也說了，以後出門在外和書院裡面是完全不一樣的，待人處事一定要給自己保留幾分。

久而久之，他學會了如何掩飾情緒，學會了以不變應萬變。

「娘，別胡思亂想，當初我既然接受了，現在怎麼可能給妳臉色呢？」他按了按太陽穴，有些疼。「夫子說了，作為學子行為禮儀上是要注意的，不管是您還是姐姐，還是趙叔，都要以禮相待。」

「文遠……」

「娘，難不成妳還想我變成那個遇到事就哭的小子嗎？」

李美麗一聽，想像著小時候的柳文遠，突然笑了起來。「那可不好。」聽到兒子這麼解釋，她心中的石頭也就落了。「你也去休息休息，等好了我讓人去叫你。好好休息，這一路上還有得折騰呢。」

「嗯，我知道。」

柳王氏這些年過得不好，大兒子柳得金到處找工，一個工作幹幾天覺得沒意思就不幹了，渾渾噩噩地過日子，直到去年終於成家了，才稍微好點。

不過那個媳婦是個厲害的，剛開始還不顯山不顯水，後來卻是把柳得金給馴得服服帖帖，在媳婦的慫恿下，小夫妻兩個乾脆在縣城找了一個活，住下來了。

這簡直就像是分家。為什麼？因為家裡還有一個除了吃就是睡的小兒子，柳得銀。折騰來折騰去的，現在的柳得銀根本就是一個遊手好閒的人了，哪還有當初那書卷氣？要不是柳大郎家有二十多畝田地，日子只怕是過不下去了。

但也因為這樣，大兒子家才不滿意，鬧著要正式分家，把屬於他們的地給要過去，天天折騰呢！

所以她見不得李美麗好，一直想方設法地找碴，只是苦於沒有機會，哪知道那天無意間看到柳好好單獨給了大虎一套銀首飾，頓時就嫉妒得發狂了。

第四十八章

大清早的，就見到柳王氏一臉鄙夷地上門鬧事。

「我說好好那孩子以前還是個好的呢，現在變成這樣，說不定就是妳教的呢！這叫什麼？這叫上梁不正下梁歪。」

「妳什麼意思？」

「我什麼意思難道妳不知道嗎？瞧瞧，大虎都訂親了，妳家好好這是又送首飾又送銀子的，真是不要臉！倒是和妳一樣，二郎才走多久，妳就嫁人了，一看就是個不安分的。」

周圍吵吵嚷嚷的，一句句不堪的話就這麼傳到李美麗的耳中。

趙掌櫃原本還不知道，等得到消息趕回來的時候，就見自己捧在手心裡的夫人，竟然被人當著村民的面羞辱，那些話即使是個男人都忍不了，何況這個單純的女人，頓時臉色就陰沈下來了。

「麗娘。」

他直接走過去把人攬在懷裡，眼神猶如淬了毒的針一般看向柳王氏。

趙掌櫃可不是簡單的，能夠在鳳城縣經商多年平安無事，怎麼可能是那種良善之輩？所以當他的目光就這麼輕飄飄地看過來的時候，即使強橫的柳王氏也被嚇得瑟縮了一下。

但是她看著周圍的村民，心裡卻是十分得意。這可是柳家村！憑什麼害怕一個外人？所以她故作鎮定地狠狠地瞪回去。

然而對方似乎並不在意。

「不知道各位是為什麼為難我夫人，趙某不才敢問一句，究竟所為何事？」

李美麗終於喘過氣了，拍了拍趙掌櫃。「這是我的事，別擔心。柳王氏，看來妳是真的要和我撕破臉呢！這些年，你們家在柳家村做的事情，真的以為大家看不見嗎？前兩日，好好是因為沒有參加大虎的訂親，覺得過意不去，便帶著一套首飾送過去，想要給未來的嫂子賠禮道歉。我們家和小劉氏家的關係最好，因為當初在我們落難的時候，是他們拉我們一把。別說一套銀首飾，就算是十套，只要我能給得起、我想給，那也是我們家的事情，哪裡輪到妳在這裡說！」

趕來的小劉氏也急紅了眼，他們家和李美麗的關係這麼好，可不能因為這個碎嘴的女人翻臉了！而且好好對他們家是真的好，做人可不能忘恩負義。

小劉氏擼起袖子就想衝上去，卻被李美麗給擋住了。

「今兒我把話放在這裡，妳若是再胡說，我不但要打爛妳這張嘴，我還要打斷妳兒子的腿！」

「妳敢！」

「妳看我敢不敢，就當我這個做兒媳婦的給二老教訓教訓妳這個沒有心的大嫂！」

「妳這個賤女人，一個破爛戶、二手貨，竟然敢在這裡威脅我！妳算個什麼東西！」柳王氏一著急，什麼話都往外蹦。

然而等她說完之後，瞬間發現周圍都安靜下來了，這一刻，她覺得渾身都是冰冷。

李美麗現在是強硬起來了，而且家裡有錢有人，還有一個護著她的男人，憑什麼怕他們？

回到家，趙掌櫃的臉色還是陰沈的，李美麗見狀，輕笑一聲讓人下去。「怎麼了，還生氣呢？」

「怎麼可能不生氣，那家人簡直就是太過分了！」趙掌櫃怎麼想怎麼生氣。「竟然敢那麼說妳，妳可是我心心念念護著的人，我都捨不得委屈妳，這些人太過分了！」

李美麗笑了笑，柔和的眉眼之中帶著幾分情意。「其實當初嫁給你的時候，我就想到過這樣的事情發生。你也知道我是二嫁，不管怎麼說，名聲都不好聽。行了，別皺眉了，你以為人人都像你這樣大方啊？這些人啊，也就念叨念叨，還不是要求著我們麼，沒看我說幾句就都嚇跑了。」

「妳倒是會自我安慰。」沈默了片刻，趙掌櫃突然問道：「麗娘，妳有沒有想過離開柳家村？」

當柳好好回來聽說這件事，肺都氣炸了。

「簡直太過分了！他們說我可以，就是不能說我娘！」

娘下了多大的勇氣才和趙掌櫃在一起啊，現在可好了，被這麼一說，心裡說不定有什麼疙瘩呢，到時候兩個人鬧得不愉快的話，豈不是一家人心裡都不舒服？

「這柳王氏是找死是不是，之前我給的警告還太少了！」她眼眸一沈。「辛一楠，你去看看柳得銀那個傢伙在幹什麼？」

「是！」

辛一楠自然是指哪打哪，畢竟柳大郎一家子實在是太讓人討厭了，特別是那個柳王氏時不時地跳出來噁心人，簡直要死了。

而這時，柳得銀從柳王氏那裡搶來的錢已經花光了，他摸摸陪了自己一夜的姑娘，然後翻身上去又是一番雲雨，直到心滿意足了才從溫柔鄉爬出來，然後穿上衣衫，晃晃悠悠地出了門。

如今他只要拿到錢就全部花到這裡了，這裡的姑娘雖然不夠漂亮，但是那功夫……想到這裡，他只覺得口乾舌燥，結果還沒有出巷子，眼睛就被東西給蒙上了。

「啊，什麼人?!」

現在的時間不早，巷子又比較深，沒有多少人出來。他被套了麻袋，嚇得渾身發抖。

「什麼人？你們是不是要錢啊，我身上沒有錢，真的……不不不，你們要多少錢，我回去拿、拿給你們，一定給你們……啊，別……」

「告訴你，別到處惹事！」沙啞的嗓子帶著恐嚇，嚇得他瑟瑟發抖。「也告訴你爹娘，這只是一點點的教訓。」

「什——啊！」

突如其來的慘叫聲一下子驚了周圍，等到終於有人出來的時候，就見到柳得銀衣衫散亂，抱著腿躺在地上，大概因為太疼了，臉都是慘白的。

「救……救我……」

他連說話的力氣都沒有，顫抖著伸出手求救。好半天才來了兩個人把他送到醫館。

淡白鬍子大夫只是搖搖頭。「這條腿得好好養著，千萬別再亂動，不然的話可就廢了。」

「什麼?!」柳得銀的臉色慘白，不敢置信地看著大夫。「你騙我的對不對？」

「騙你作甚？」

而且他沒說，就算腿好了也不能像以前那樣活蹦亂跳的，只怕走路都不索利。這打斷他腿的人只怕是和他有仇呢，不然也不會下這麼重的手……

有人通知了柳得金把他帶回去。可原本關係還不錯的兄弟倆，現在根本就沒有話說，柳得金看著廢人似的弟弟，只覺得一陣厭煩。

「得金啊，咱們不會把人就這麼養著吧，咱們家可沒有這麼多錢。」

「不會，等會兒找輛車把人送回去。」

「大哥、大哥，我這腿還沒有好呢，你帶我去哪裡啊……大哥我不想回去，村裡啥都沒有，再說了村裡也沒有好條件……」

柳得銀見大哥就這麼準備打包送他回去，頓時不幹了，掙扎著想要起來，結果柳得金只是面無表情地說道：「你要是掙扎，就自己滾出去。」

「大哥，你怎麼可以這樣?!」

「我為什麼不能這樣？這麼多年，家裡的錢都花在你身上，就算考不了功名也應該找個活。」柳得金覺得自己以前腦袋就是抽風了，當年怎麼就為了供這個弟弟，做那麼多的錯事呢？

柳得金還是恨的，當初可是被柳好好害慘了，但是這些年，他不管怎麼做都沒有占到一點點的便宜，那心思也就消停了。

「我看啊，你那兄弟的腿很有可能就是你堂妹給弄斷的。」

「不會吧？」

「呵，你以為你那個堂妹是個心腸軟的？」他媳婦嗤笑一聲。「這些年能夠把生意做得這麼大，心腸軟，可能嗎？」

柳得金想到當初自己被潑了冷水的樣子，整個人打了一個寒顫。

柳得銀被送回去的時候，柳王氏嚇了一大跳，撲上去就開始哭。

這一次，柳大郎家又成了鬧劇，所有人都知道柳得銀在花柳巷被人給打斷了一條腿。這可是村子裡最大的話題了，比那個好好和大虎什麼的要厲害得多了。

柳好好得知這事之後，冷笑一聲。「沒想到這個柳得金一盆冷水澆下去之後，倒是變聰明了。」

「是啊，這人總得有人幫著成長，所以他得好好謝謝東家呢。」

柳好好沒好氣地白了一眼，伸出手在春娘頭上彈了一下。

「不過，咱們這邊就閒下來了。」

這兩年，趙掌櫃就整天黏著娘，但是娘又放心不下家裡，捨不得離開，現在在村子裡鬧成這樣，怎麼看都不適合繼續留下來了。

「娘。」

「好好來了啊？來，看看這衣服合不合身。」

因為常年在外面跑來跑去的，所以柳好好的衣服漸漸是簡單的男裝，而僅有的兩套女裝也只是在家裡偶爾穿一下。所以，這依然是一套男子服裝。

「娘的手藝是最好的。」

「妳啊，就是喜歡哄娘開心。」說著把衣服給她試了試之後，把不合的地方又給改一改，許久才嘆口氣道：「妳這孩子，怎麼……」

「把得銀的腿打斷嗎？」柳好好似笑非笑地說道：「已經算不錯了。」

「好好，做事不要太狠，給自己留一條退路。」

「娘，我知道，但是做事也要看人啊，妳覺得大伯他們會是那種我讓一下就可以過去的人嗎？根本就不可能的，只有讓他們疼了才知道害怕。」

李美麗雖然強悍了一下，但是骨子裡還是那種息事寧人的性子，女兒做事這樣狠，她還是非常擔心的。

「娘，放心吧，我有分寸。」說著她坐下來，笑了。「娘，辛苦了一輩子有沒有想要出去走走的念頭？我看爹很想和娘好好相處呢。」

「胡說什麼！」李美麗的臉有些發紅，窘迫極了。

柳好好知道她在想什麼，看著母親那張因為勞累而有些疲憊的臉，心疼極了。

「娘，別擔心我和弟弟，我們都長大了。再說只是讓你們出去轉轉、散散心，看到好地方了告訴我一聲，說不定我以後的生意會牽到那邊去呢！」

「妳說真的？」

「當然啊，柳家村這邊發展得還不錯，可是我想把生意做大的話，僅僅靠柳家村這邊是不行的。我也有心想要擴大，但這不是脫不開身嗎？正好娘和爹幫我到處看看。」

李美麗沈默下來，正好趙掌櫃此時敲門，兩人把他讓進來，他見屋裡的氣氛有些沈悶，也知道怎麼回事了。

「好好，其實不是我想要煽動妳娘跟我離開這裡，只是妳知道……總歸是不好的。」他也知道，麗娘是捨不得孩子，可是那天村裡人說話實在是太難聽了，這讓麗娘以後怎麼見人？就算那些人不說了，可是傷害已經造成了，怎麼可能說忘記就忘記？

「我知道的，爹，我懂。剛才我還在說生意上的事情，這方面爹的眼光不錯，我以後的生意肯定是要做遍整個大慶，光靠這個柳家村不行，您幫我注意注意，覺得什麼地方適合，好嗎？」

「好，這主意不錯。咱們的花草本來是非常好的，但是路途遙遠，運送總是會造成損傷，遠的地方去不了，這的確是一大損失。」

「嗯，所以我就有點想法了。娘，我知道你們擔心，不然等到文遠考完試回來，再好好說說。」

李美麗見他們都這麼說，便點點頭，應了下來。

剩下的日子便是要等待著柳文遠回來了，不過一家子也知道這前前後後最少也要半個月，乾脆窩在家裡，哪裡也沒去。

「好好，之前的事情是我們的錯。若不是因為我們，妳大伯家那個也不會這麼說……」小劉氏大概是羞愧，好一陣子沒有露面，不過今天終於上門了。「妳娘她沒有事吧？」

「嬸子，說什麼呢！」柳好好哭笑不得。「這是他們的錯，和妳有什麼關係？難不成我們兩家感情好就對不起其他人了？沒這種說法的，也別介意。」她彎了彎眼睛。「難不成嬸子是看不起我們了？」

「怎麼會！」

小劉氏有些不好意思地笑了笑，拎著東西就往屋裡面走去。「喂，好好她娘，我來了。這兩天幹什麼呢，看看我的手藝怎麼樣？」

聽著小劉氏歡快的聲音，柳好好搖搖頭，換上粗布短衣就往地裡走去。

她一直培育的水稻有了成績，最近這幾年，每年都要買上十畝地來，專門種植水稻。她把自己培育出來的品種分開種植，然後選擇最好的，而且每年都要挑選，如今水稻的產量是明顯上升。

不過，水稻的口感還是不行，沒有後世的軟糯，她覺得可以往這個方向改進改進。

她走到自家的田地裡。她的田地加起來快有五十畝，拿出二十畝用來種植水稻，又分成好幾個區域，分別被她標上了記號。每一種變異都被清楚記錄下來，等到水稻的變異穩定之後，再準備推廣。

說起來都是眼淚啊，唉，為了口糧，她真的是拚了！

第四十九章

忙完了地裡的事，柳好好才回了家。

「娘，嬸子呢？」

「妳嬸子回去了。」李美麗笑了笑。「妳嬸子這是不好意思呢！唉，其實和他們家有什麼關係啊，反而讓我們不好意思了。」

「我知道，鬧得這麼難看，嬸子肯定有點難受的。」

「也對。」

她帶著大黑到院子裡，坐在大樹下，大黑乖乖地趴在她的腳邊。她拿出自己的小本子看著上面的紀錄資料，沈思起來。

看這個樣子，水稻的培育還是不錯的，經過這兩年的反覆栽種，產量都提高了不少，而且口感也逐漸改善。只是……

她還是非常猶豫，因為推廣水稻似乎不是一件容易的事情，畢竟這是民生大事，若是被有心人知道了，她不但沒有功勞，甚至還會惹禍上身。

若是能遇到一個靠山就好了。

靠山、靠山……雲溪？

她知道雲溪的身分不簡單，但是對方實在是深不可測，相處起來其實還是非常有壓力的。而且也不知道對方是故意還是無意，他從不來柳家村，對她的身分也不聞不問，不知是漠不關心還是有其他打算……

「夫人，東家，少爺回來了！」

「回來了？真的嗎？」

柳好好一下子從家裡竄出去，就見到馬車噠噠噠地由遠而近。

她停下腳步，看著多日不見的弟弟面帶微笑，此時天上的太陽正好，金色的陽光鋪灑下來，將穿著白色錦衣的少年籠罩，那張溫潤卻又精緻的臉上帶著點點的酡紅，竟然多了幾分仙氣，挺……唬人的。

柳好好笑了，這小子……

「姐。」

「回來了？」她趕緊走過去，拉著弟弟的手。「走吧，家裡面這幾天可是天天盼著你回來呢，每天都準備那麼多好吃的，就是在等你。看看，都瘦了。」

柳文遠有些無奈地看著姐姐。說實話從那次姐姐落水後醒過來，就一直是這樣，把他當做寶貝一樣呵護著，生怕他受一點委屈。

「姐，我去考試的時候，那些監考官都認識我呢！」

「喔，是嗎？」

「他們都很喜歡咱們柳芳閣送出去的花，說很漂亮。」

「那就好，咱們也不是走後門，就是提醒他們，這樣那些大儒啊監考官啊，也會注意到你。你呢卷子再寫得好看點，到時候嘿嘿嘿……」

柳文遠頓時被姐姐笑得雞皮疙瘩都起來了，對這個經常不知道想到哪裡去的姐姐十分無奈，因為總是摸不透她的心思。

不過好在姐姐的想法倒也是簡單的，不管做什麼，都是為了這個家。

「娘，文遠回來了，甜湯做好了嗎？」

「好了好了，就妳心疼文遠，娘不心疼是不是？」李美麗沒好氣地道，端著熱乎乎的甜湯走出來，身後跟著趙掌櫃，手中拿著的是剛做好的板栗酥。

「來，嘗嘗。你姐姐這幾天一直在忙這個，味道挺好的。」

「謝謝。」

「你這孩子有啥好謝的，喜歡就行。」

相對於柳好好，其實趙掌櫃覺得柳文遠才是家裡最難搞定的人，即使後來接受了自己，態度卻依然是不冷不熱的，所以面對這個兒子，他總是有些小心翼翼。

「嗯。」柳文遠淡淡應了一下，卻讓趙掌櫃笑得臉上的皺紋都起來了。「我去幫幫好好，你們聊。」

他笑了笑，轉身準備離開，把空間留給這對母子。

「謝謝。」

柳文遠有些彆扭，但是還是輕聲說。雖然想到母親改嫁，心裡不舒服，但是看著氣色越來越好的母親，卻為母親開心。

「好，好。」

趙掌櫃更是開心得眼睛都看不見了，然後擺擺手，迅速往廚房走去。

廚房裡，柳好好俐落地處理食材，今天開心，一家子要好好地吃上一頓。

「娘，看看我今天做的。有板栗雞、糖醋排骨、紅燒里脊，還有油燜茄子、冬瓜燒肉和玉米腿骨湯……」

「這麼多？」

「當然啦，小弟在外面這麼辛苦，肯定沒有吃好，回家當然要好好吃啊！」柳好好笑咪咪地給每一個人盛了一碗湯。「我的手藝啊，一般人都吃不到呢，看看比外面的酒樓味道怎麼樣。」

「當然是姐姐做的最好吃！」

「對，說實話有獎勵。」

一桌子人哈哈大笑，從始至終都沒有問他考得怎麼樣。

吃過飯，大家便去休息。這時候，柳好好喜歡坐在院子的大樹下面算帳，此時也正在看從欽州那邊送過來的帳本，將它們轉為阿拉伯數字，飛快計算著。

用人不疑、疑人不用，這是柳好好做事的規矩，而且水至清則無魚，只要不是踩到她的底線，那麼一點點還是沒有什麼關係的。

大黑趴在她的腳邊甩著尾巴，特別乖巧。

「姐。」

「怎麼起來了？」把帳本收起來，她看著氣色好多了的柳文遠。「這一路上趕著累壞了吧？我不是說了不要這麼趕，沒事的。」

「我想家了。」

「你這張嘴啊，現在越來越會說話了。」柳好好笑了笑，看著弟弟，卻有點憂愁。不過想著這麼帥的弟弟是自家的，立刻又開心起來了，不管以後怎麼樣，自家弟弟還是要寵著點，以後一定要給弟弟挑一個最好的媳婦。

「姐，妳們怎麼都不問我考得怎樣啊？」

柳好好笑了起來。「這個不著急，不過姐姐當然想知道你成績如何。」

柳文遠輕笑一聲，那雙璀璨的眸子裡折射出自信。「我考中了，還是第一名！」

「是嗎？那……等等，你說什麼？我沒有聽錯吧?!」柳好好震驚了，知道自己弟弟很聰明，可是沒有想到竟然這麼厲害。「第一？」

「是啊，第一。」

柳文遠倒是十分淡定。考試前夫子就已經說了，此次下場，他已經準備足夠，若無意外定然會取得頭籌。事實證明，的確如此。

他柳文遠是大慶國第一個十三歲就考中舉人，十三歲呢，別人家十三歲還在上學好嗎？

「那……那你還準備繼續考嗎？」

「自然。」

柳好好沈默了，柳文遠若是繼續考的話，就不可能留在這裡了。

「夫子和我說了，若是參加院試的話，可能要去更好的白山書院。夫子的推薦信已經寫好了，可我想問問妳的意見。」

柳好好看著他還有幾分稚氣的五官，心中搖擺不定。她知道自己不能阻礙弟弟的前程，但是弟弟才十三歲呢，就要一個人去更遠的白山書院，這……她真的不放心。

可轉念一想，弟弟想要出人頭地，做姐姐的肯定是要支持的；而且白山書院雖說不近，但是在欽州和京城之間，到時候她可以把事業重心轉移到欽州或京城啊，畢竟定安在欽城那邊做得不錯。

「行吧，你準備什麼時候過去？」

院試過後便是鄉試，鄉試在三月分，這麼算的話還有點趕。

「我想過完年再過去。」

「好吧。」柳好好點點頭。「到時候我看看能不能和你一起過去。」

果然，柳文遠就知道姐姐會這麼做，無奈地笑了笑。「姐，我過完年十四了，不小了，妳得相信我。」

「也不是不相信你，我也有生意在那邊，我還準備把生意做到京城呢，所以你別胡思亂想。我知道你長大了，有自己的想法了，放心吧，姐姐不會干涉你的。」

柳文遠見她這樣認真，心中感動之餘，更多的是堅定自己變強的心意。

雖然大慶國並沒有阻止女子經商，但是說起來經商並不好聽，他想要變得強大，到時候姐姐就可以自由自在地做她喜歡做的事情。

他還記得，當初姐姐把培育好的雙色桃花帶到百花節的時候，看著無數人為之傾倒時，那雙眼睛是多麼明亮。

做生意的本就低人一等，何況女兒家在外面拋頭露面的，稍微有點地位的都不願意娶商戶之女，他得為姐姐好好打算。

「嗯，姐姐也要多休息。」

「行了啊，姐姐這邊還有點事情沒有結束呢，別想太多。」

「姐，聽說妳前段時間忙活了很大的事情，籌集那麼多糧草，是為了……宮翎？」柳文遠緩緩地說道，彷彿很不在意似的。

「於私的確有點吧，畢竟認識這麼多年了，也算是朋友，不想他因為這樣的事情遇到危險。於公，保家衛國是每一個人都應該做的，那些將士們也是有血有肉的，我只是想要盡點責任。」

柳文遠見她神色沒有什麼變化，點點頭。「姐，以後還是小心點。雖然妳是為了國家、為了那些前線士兵，但是妳要知道，這次糧草失蹤內有文章，咱們小門小戶的，最好不要參與進去。」

說得有道理，柳好好有些擔心。說起來自己做事的確有些莽撞，捐款什麼的在後世是一個非常常見的辦法，在這裡卻很有可能成為某些人的阻礙，到時候……

唉，皇權時代，只要看你不順眼，一句話，命就沒有了！

「姐，也別擔心，當初妳雖然是第一批送過去的，但是別忘了，那位也是要人在民間籌糧的，說起來妳的做法並不是很突兀，不會引人注意的。」

但是這次沒有危險不代表下一次沒有，該說的還是要說的。

「真的？」

「當然啊，而且這次咱們大慶大獲全勝，這些捐款的人都會被褒獎呢，聽說已經開始在修建功德碑了。」

喔，謝謝，這種把名字寫在石碑上面的事，她真的一點都不稀罕。

見她興致缺缺，柳文遠也知道姐姐對這些並不看重，也不說了。「好啦，好啦，我不打擾妳了，反正以後別因為一個人就這麼衝動。」

說完，他就走了。

等等，這話是什麼意思，什麼為了一個人啊？我是這麼膚淺的人嗎？明明是民族大義的事情，怎麼到了你嘴巴裡面就變了味道呢？

過幾日，柳好好也和柳文遠商量了一下，知道母親在村子裡不開心，便讓他們悄悄出門轉轉，不然以娘的性子，說不定又不想離開了。

娘走了爹走了，剩下姐弟倆守著柳家村，瞬間覺得有些冷清。

不過想到弟弟之後的考試，柳好好又是一身幹勁。

「不要驕傲，要多學學其他人，沈得住性子學習，知道嗎？」

聽著姐姐的話，柳文遠點點頭。「我知道的，過幾天戴榮會回來，我已經和他約好了，到時候去聯絡聯絡。」

「那行，你看著辦吧。」

三年前，戴榮憑藉著優異的成績在殿試上脫穎而出，成為探花郎，當時整個鳳城縣都轟動了呢！只是聽說他被放到一個小地方磨了三年的縣令，這次回來，有可能是家裡運作，準備讓他接替鳳城縣知府的位置。

「對了，戴榮那個傢伙還沒有成婚啊？」

「姐，妳什麼意思啊，這麼關心，難不成看上別人了？」

「當然不是，我只是好奇他家裡竟然一點都不著急，想問問怎麼做到的。」

都二十歲的人了，竟然不結婚，家裡人還不催婚，這還不厲害？

第五十章

此時，一輛馬車迅速往鳳城縣趕來。車內，年輕的男人靠在裡面閉目休息，旁邊則是一個穿著灰布短衫的少年。

「大人，我們已經到了鳳城縣境內了，大概晚上就能到了。」

年輕男人睜開眼睛，那雙眸子璀璨無比，像是黑夜中的星星。他微微一笑。「既然如此便連夜到家吧。」

戴榮笑了笑，轉了轉手上的扳指，又瞇起眼睛。

不知道那個小子現在怎麼樣了？想到當初動不動和自己鬥嘴的傢伙，心情十分愉悅。幾年的官場生涯讓他沈澱了很多，當年那個趾高氣昂的他，在吃了無數的虧之後學會了掩飾自己。

「對了，下個帖子到柳家，請他們兄弟倆過來。」

「是。」

這天，柳好好帶著大黑在山上走了一圈，最後大黑嘴裡叼著野雞，爪子下面按著兔子。

「幹得漂亮！」

大黑不停地甩著尾巴。

「行了，知道你做得好，晚上給你加餐。」

大黑很興奮，不過好像不願意回去似的，急得想要蹦起來，可是又死死地按住兔子，整個身體都扭起來，看著特別好笑。

「怎麼了？不想回去？」

「嗚嗚……」

感覺到大黑的異樣，她有些詫異，彎腰把牠爪子下的兔子給抓起來，然後就見大黑嗖地一下竄了出去。

「唉，去哪？」柳好好趕緊跟上去。

跑了一段時間之後，就見到大黑躲在一處甩著尾巴，然後匍匐著往前移，還沒有走多遠，柳好好就聽到了一陣狼嚎聲，嚇了一跳。

這死狗不是要去挑釁狼群吧！

可柳好好有些疑惑，以狼的警惕，不可能一點反應都沒有，現在除了叫兩聲之外竟然沒有其他反應，不由得也好奇起來，於是小心翼翼地蹭過去……

這是什麼！

就見一頭母狼齜著牙瞪著大黑，懷裡還有兩頭小狼在拚命喝奶，這是……看著兩頭小狼身上是黑毛，再看看那個興奮得不知道東南西北的大黑，瞬間真相了。

這傢伙，連孩子都有了。

柳好好伸出腳就踹過去。「這是幹什麼呢，私生子啊，還是始亂終棄啊！沒看見人家對你的意見很大嗎？娃都這麼大了你才過來，簡直渣啊！」

大黑還在興奮著呢，猝不及防地被踹了一腳，蠢蠢地在地上滾了一圈，爬起來的時候還是懵的。

可顯然母狼對他們不是很歡迎，柳好好把兔子放到地上，留給牠們。她得先離開，回去準備，說不定過不了幾天家裡就要多幾口了。畢竟一頭孤狼帶著兩隻小狼可不好在山林中生活。

但下了山回家，就見到家門口圍著很多人。

「怎麼了？」

「東家……」

「嗯，什麼事？」柳好好見到好幾個本來在幹活的大兵圍在門口，一副欲言又止的樣子，甚至臉色還不好看，心中咯噔一下。

「剛才有人把校尉……不，宮參將送過來了。」

「宮翎?!」

之前不是在打仗嗎？怎麼突然間跑到這裡來了，而且這前後才兩個月，怎麼就打完了？

「那你們在這裡幹什麼，想見見舊將領啊？」柳好好輕笑一聲，誰知道周夢洋的眼圈都紅了。

一個壯漢瞬間紅了眼眶，她頓時有些不好的想法。「怎麼，他受傷了？」

「東家，胡大夫帶著人在裡面呢……參將一身都是血，到處都是傷……」

還沒有說完，柳好好就衝了進去。

推門而入，一股血腥味夾著藥味撲面而來，薰得她差點暈過去。

「姐。」

她走過去。宮翎的衣服已經被脫了下來，露出強而有力的身材，這是個非常健美的身體，比例勻稱，讓人找不到瑕疵，只是身上都是傷痕，新舊交疊，看得觸目驚心。

柳文遠站在一邊看著姐姐這個模樣，臉色瞬間就變了。

「胡大夫，他怎麼樣？」

腰上的傷口甚至有些腐肉，一看就知道拖了太長時間，都感染了。他整個人浮現不正常的紅色，顯然是在發高燒。

「身上的傷口等會兒處理好就沒有事了，但這高燒得降溫，不然會燒糊塗的。」胡大夫道。他的眼色不是很好，但是醫術卻沒話說。「看天命吧。」

不會吧，這個診斷的結果真的不是很好，大夫說出這樣的話來，只怕真的是看天命了。

「我開點藥，等會兒給他灌下去。」

柳好好站在一邊，見胡大夫拿出刀，迅速俐落地把腐肉給刮下來，原本昏迷的人雖然沒有知覺，但是整個身體都在顫抖，看得她心也在抽搐，這得多疼啊……
直到露出鮮紅的肉，血也漸漸止住，胡大夫才停下來，拿出藥膏在上面抹了一層，再用乾淨的布包上，最後用草藥在布上面又撒了一層。
「明天我會過來換藥的。」
等到胡大夫離開之後，柳好好走近，看著宮翎身上的傷痕，頓時心裡就難受起來。想當初這小子離開的時候才多大，十四還是十五？那麼年輕，卻去了那麼危險的地方。
雖然官職上去了，但是這身上的傷痕真的讓人心疼……
誰不是爹娘生的啊，不知道宮翎的父母看見會不會心疼？
「姐，這裡我來照顧就好了，妳先回去吧。」
柳好好回過神，拿起一床薄毯蓋在宮翎的身上。「誰送來的？」
「在外面等著呢。」
「行，你看著，用濕毛巾給他擦擦身體，有什麼事就找我。」
柳好好走出房，只見外面站著幾個狼狽的男人，身上也有傷，但是顯然已經自行處理了一下。
一看到她的時候，站在前面的男人立刻走上前。
「請問是否是柳文近柳公子？」
她十分冷淡地點點頭。「你們是什麼人？還有宮翎是怎麼回事？」

大概是看出來她的擔心，那個人又道：「柳小公子不用擔心，我們來之前已經把人給引到別的地方了，那些人想不到主子在這裡。」

柳好好打量了一眼他們，最終點點頭。「他什麼時候走？」

「這個……還得看主子的意思。」

「想來你們有自己的辦法聯絡，到時若是想走的話，就趕緊走，不用告別。」

眾人一聽，又沈默了。

為什麼在主子口中「好相處」的人，竟然這麼急切地想把他們趕走？主子都還沒醒，就這麼迫不及待的趕人，真的好嗎？

可不管這些人怎麼想，他們交代了幾句之後就迅速消失了。

柳好好轉身回房，看著柳文遠坐在旁邊看著宮翎，一隻手還拿著書在看，不由得佩服弟弟這種學習的精神，又有些感慨自己弟弟實在是太懂事了，果然要好好寵著。

「你累了就回去吧。」

「不了，我在這看著，他的燒還沒有退。」

「嗯，藥熬好了，等會兒讓他喝下去吧。」

只是等到藥熬好了之後，柳好好發現這個人燒得迷迷糊糊，完全沒有醒過來的樣子，根本就喝不下去。

她有些為難，正想著該怎麼讓他喝藥呢，就見到文遠把書放下來，然後一隻手端著碗，另一隻手捏著宮翎的下巴，這麼一掐，捏開嘴巴，直接把藥給灌下去，再把嘴巴合上。

即使是昏迷的人，嗓子裡有東西也會自覺地往下嚥，雖然還是溢出來不少，但勉強是把藥喝下去了。

燒了一夜的宮翎昏昏沈沈的，只覺得渾身像是被馬車碾壓過似的，想要說話，卻發現嗓子根本沒有辦法發出聲來。想要動一動，可是手指都動不了，很快就被疼痛給扯回去，好像全身上下除了眼珠子之外，什麼都不能動。

「醒了？」

淡漠的男子聲音還有些稚嫩，他費力看過去，就見到一個少年臉色不善地盯著自己。

「能說話嗎？」

宮翎試了試，發現嗓子還是很難受，見對方皺起的眉頭，顯然是不高興了。但是他們認識嗎？這裡是哪裡？他怎麼回事？還有……

他是誰？自己……好像什麼都記不起來了。

柳文遠其實沒有什麼耐心，姐姐對宮翎的態度不一般，這必須防，畢竟一頭狼來到身邊了還不注意的話，說不定下一刻就把人給叼走了，那可怎麼辦？

「喝點。」

柳文遠毫不客氣地對著他的嘴巴就餵了一杯水，清涼的水流進嗓子的瞬間，就覺得像是乾涸的地面迎來了一場雨水，宮翎瞬間舒服起來。

「你是……誰？」

柳文遠眨眨眼，想到這個傢伙當年走的時候，自己才七歲，那時候面黃肌瘦的，肯定是不認識自己，剛準備回答，就聽見他又問了一句。「我是誰？」

等等，這個傢伙問什麼？

「你……不記得自己是誰了？」

在看到對方肯定地點頭之後，柳文遠整個人都不好了。原本還以為對方傷好了就會走呢，結果現在好了，失憶了，怎麼會遇到這樣的事情呢?!

柳好好在得知宮翎醒了，也很開心，但是當她知道這個傢伙失憶了，整個人就像是被雷劈了似的。

「這是幾？」她伸出兩根手指顫巍巍地問道。

宮翎沈默地看著，開口道：「我只是記不得事情，不代表是傻子。」

「還好，還好。」她拍拍胸口道：「幸虧沒有忘記最基本的，不然要重新教，那才叫悲劇。」

「我是誰？」

柳好好笑了笑。「你啊，大宮啊。」

見宮翎明顯被震撼了一下，她笑了。「真的不騙你，你出去問問就知道了。你啊是我從街上買回來的長工，要不是看你長得壯實，我才不買呢，結果剛買回來就暈過去了，浪費我的銀子。」

柳文遠木著臉看著姐姐在這裡胡說八道，覺得心好累。

「對了，以後得賺錢還給我啊！」柳好好瞪了他一眼。「記住，你叫大宮，是我從鳳城縣牙行買回來的長工，沒有賣身契，本少爺……不屑那種做法，只要你好好幹活，娶妻生子走向人生巔峰都是可以的！」

宮翎雖然不記得了，但不代表他是個傻子，這話究竟有幾分可信雖不知道，但是自己絕對不是長工——憑著身上的刀傷也能證明自己不是普通人。

因為這種刀傷可不是普通的刀劍留下的。

雖然不明白自己為什麼會有這個想法，但是他深信不疑。

他沈默地看了一眼站在床邊的兩個人，感覺得到那個年紀稍長的少年眼中帶著幾分戲謔，卻沒有惡意，而年少的那個似乎並不歡迎自己。

「好。」然後，他勾唇笑了笑。

宮翎的五官硬朗，劍眉星目，輪廓立體，加上常年在戰場上磨礪出來的悍氣，沒有表情的時候讓人覺得十分深沈犀利，給人一種非常不好接近的印象。但是現在這樣一笑，竟然帶上了幾分英氣。

再加上這張英俊的臉，柳好好突然有種流鼻血的衝動，小心臟也有些蠢蠢欲動起來。

她深吸一口氣，面無表情地說道：「弟，我去忙了，讓二丫給他做點飯。其他的讓小竹子來，你去看書吧。」

「嗯。」

柳文遠點點頭，臉上沒有什麼表情。

剛才姐姐眼神瞬間的變化，被他捕捉了，頓時覺得不好。等到她離開之後，他的眼神立刻不善起來。

「告訴你，你是我們救的，別有什麼不好的心思！」

見到少年惡狠狠的模樣，宮翎雖然不大明白怎麼回事，但是顯然這個小子似乎並不希望自己和他哥哥接觸。

想了想，他點頭。「我會好好幹活的。」

「等你好了，直接到花圃那邊去！」

柳文遠不高興。他不知道自己為什麼有這種想法，明明姐姐已經十六歲了，可以找個好人，成婚生子，可是一想到這個可能，他就覺得煩躁，只能告訴自己，宮翎不是那個好的人，不是適合姐姐的人。

「怎麼了？臉色不是很好看。」

柳好好正安排人挖樹苗，看到弟弟過來，有些詫異。「這裡很髒，別過來了。」

柳文遠抿抿唇，低聲道：「我有點擔心，這個人身分不簡單，會不會……而且，姐姐妳是不是喜歡他？」

沒想到這小子竟然擔心這個？

「行了，小孩子家家的懂得倒是不少，行了啊好好看書去，明年考不好，看我不揭了你的皮。喜歡不至於的，別胡思亂想了，哪怕是一個普通人，我們也不能袖手旁觀。回去吧，好好休息休息，別亂想了。」

第五十一章

不得不說當兵的身體素質真的不錯，雖然這個傢伙的腦袋空白，人卻是恢復得很快，在胡大夫給他換第三副藥之後，已經能從床上下來了，甚至非常自覺地把家裡面砍柴的活給接手過去。

看他這麼自覺，柳好好都有些不好意思壓榨失憶人士。

「要不，你再休息一會兒？」

宮翎沈默地搖搖頭，穿著短袖小褂，那結實的雙臂高高舉起斧頭，狠狠地劈下去。

「不用。」他隨手拿起旁邊的巾子擦了擦臉。

「真的？」

「嗯。」

柳好好只好點點頭。「那個……你有沒有想起來什麼啊？」

宮翎一愣，搖搖頭。「沒有。」

柳好好再次嘆了一口氣。「喔。」

不知道為什麼，明明在通信的時候，兩個人話那麼多，可是現在面對面了，卻無話可說。她就這麼蹲在一邊默默地看著宮翎劈柴，直到對方把所有的柴都劈完了，才想起來自己還有事呢，結果……

「哎呀。」

宮翎見狀，迅速衝過來，伸出手扶住她。「小心點。」

「腿……腿麻了。」柳好好覺得自己簡直就是蠢死了，竟然蹲在這裡看人劈柴看到忘我，然後腿還麻了。她欲哭無淚地看著身邊的人。「好難受。」

宮翎看了一眼，雖然還是沒有表情，她卻是敏銳感覺到對方眼中閃過一絲笑意，頓時更加悲憤了。丟人！

宮翎也不在意，二話不說就把她給抱起來，這讓柳好好更加彆扭了。「放我下來吧，我自己可以走。」

「麻了。」

很簡單，她的腿麻了，所以不能走。

她無語，乾脆當做自己不存在，什麼都不知道，反正……反正對方這麼強壯嘛，哼！

「好輕。」

宮翎皺皺眉，只覺得懷裡這位小公子實在是太輕了，讓他的眉頭都皺起來了。他下意識用手捏了捏，感覺到懷裡人的僵硬，面無表情地說道：「太瘦了！」

柳好好覺得自己整個人都要冒煙了。這混蛋啊，占了她的便宜竟然還這樣坦然說她瘦！簡直太不要臉了！

「你……你、你、你，你怎麼可以捏我！」
「都是男人，有什麼好在意的？」
噗！男人怎麼了，男人就能隨便捏？你這個土包子！
「放我下來！」
「別鬧。」宮翎又掂了掂，再一次嫌棄道：「男人就應該長壯實點，不然怎麼保護家人？」
柳好好簡直要瘋了，小時候，這個傢伙不停地嫌棄自己，沒想到失憶了竟然還這麼討厭！
「你……混蛋！」
宮翎並不在意對方是什麼態度，而是小心地把人放在椅子上，蹲下來伸出手就要幫她揉腿。
「你幹麼？」
柳好好驚恐了。她從來不知道宮翎竟然還有喜歡摸人這種習慣，到底從哪裡學來的，軍營嗎？難道你在軍營裡面看到受傷的人都是這麼對待的嗎？
「想什麼，你腿麻了，幫你揉揉。」
宮翎微不可察地皺皺眉，顯然很不滿意柳好好的反應，乾脆直接把她的腿給抓過來，然後大手就揉過去。

「啊……啊……慢……慢點……不要啊……好難受……」

「你們在幹什麼！」

門被撞開，柳好好詫異地看過去，而宮翎只是面無表情地掃了一眼，繼續揉著。原本還因為柳文遠闖進來而有些不好意思的她一下子就被酸麻感給拽回去，又不自覺地喊起來。

柳文遠雖然看清楚了怎麼回事，但是見到姐姐這樣叫著，整張臉都黑了。

「走開！」

宮翎依然不出聲，不過倒是十分聽話地站起來，沈默地走出去。

柳好好眨眨眼，從來沒有想到弟弟竟然是這麼厲害的存在呢，一句話就讓宮翎出去了……

咦，好多了，她從椅子上下來又跳了幾下，發現腳真的不麻了，心情好多了。

「哼！」柳文遠覺得心口那股氣都快要把自己給憋炸了，不過倒是沒有繼續發火，而是斜著眼睛把手中的拜帖遞過去。「戴榮送來的，讓咱們有時間聚一聚。」

「就我們倆嗎？」

「當然不是。」柳文遠想了想。「戴榮這次回來，應該是接了知府位置。他三年的政績不錯，這次也算是衣錦回鄉，肯定要大辦一下。」

「不想去。」柳好好不怎麼喜歡戴榮身邊那些人，見人說人話，見鬼說鬼話，好煩。

「沒事的，傳話的人說了，這次就是和他關係好的人先小聚一下，別擔心。」

「在哪裡？」

「玉華樓。」

柳好好想了想。「行，我記住了，到時候咱們一起去。」

柳文遠點點頭，準備離開，只是臨出門時又扭過頭。「姐，妳是女兒家。」

說完，他就走了。

二丫進門的時候就見柳好好的表情愣愣的，想到剛才的一幕，皺皺眉，也肯定地點點頭。「是啊，東家，咱們還是要注意點。雖然大家不在意妳的身分，可是那是熟悉的人。那位爺……跟咱們不一樣。」

聞言，柳好好安靜了。「我知道，放心吧。」

出了門，見宮翎正在收拾柴火，她猶豫了一下。「那個……你的傷好了吧？」

「嗯。」

「要不，你去那邊住吧，咱們家不方便。」柳好好覺得這個理由有點牽強。「你知道我家有好幾個未出閣的小姑娘，你一個漢子在這裡不好。」

宮翎斜眼看了她一眼之後。「還疼。」

「啊？」

「傷口。」宮翎指著自己的腰，那裡還纏著紗布呢，表示還沒有好。

柳好好尷尬地笑了笑。「那、那等你痊癒，你知道……」

「好。」

見他不反對，她摸了摸鼻子。「放心，那邊的住宿條件還是不錯的，什麼都是新的，真的。」

宮翎沈默地點點頭，一言不發繼續幹活。

不知道為什麼，柳好好覺得對方很不開心。至於為什麼不開心，她怎麼知道？忙著呢！

「這一批樹苗小心點，保證要每一棵都栽好，知道嗎？跟他們說咱們包存活，三年內有死亡的苗都可以重栽。」柳好好十分認真地看著手中的訂單，然後一車一車地數著量，還仔細吩咐著。

焦航見狀笑了起來。「東家，這方圓百里誰不知道咱們這裡的規矩啊？」

「就是啊，不需要特地交代，人家就是衝著這個過來的。」

「說清楚比較好。」柳好好笑了笑。「咱們不僅要品質跟得上，服務也要跟得上才行，不然沒有競爭力。」

「行，聽東家的。」焦航雖然不明白這是什麼意思，但是聽東家的沒有錯。「那個……東家啊，咱們校尉……」

「是大宮。」

焦航幾人臉上的肌肉都在抽搐。說實話，他們真的沒有辦法叫出這個名字，可是也知道不能亂說，只好硬著頭皮問道：「大宮現在身體怎麼樣？」

「挺好的，過幾天身體恢復了就搬來和你們住。」

「東家！」

焦航整個人都不好了，而其餘的大兵們也覺得不好了，全都苦哈哈地看著她。

「怎麼了？」感覺到大家的神情不對勁，柳好好有些好奇。

「東家，咱們商量一下行不行？」周夢洋也過來了，一聽到這個消息也有些不好了。

「那個……您知道咱們以前都是他的兵。」

「所以呢？」

「以前我們都叫參將『黑面神』、『大魔王』，雖然他現在不記得了，但是我們……怕。」雖然很慫，但是想到宮翎以前是怎麼帶他們的，還是打從內心裡產生一股懼意啊！要讓他們住在一起，這不是為難他們嗎？

柳好好瞬間明白了，看著一群大漢望住自己，哭笑不得。

這時，她看到宮翎往這邊走來，原本圍在身邊的大漢一哄而散，更是無語了。

「大宮，這都是咱們家的人，認識認識。」柳好好見他過來，也沒有說什麼，雖然這群大兵這麼說，但是她能夠感覺到這些人非常尊重宮翎。

宮翎嗯了一聲，站在這裡，黑沈沈的眸子就這麼淡淡地看了一眼。

「東家，我們走了啊！」

說完，眾人拉著車就跑，特別麻利特別迅速，看得柳好好驚訝不已，扭頭望著依然沒有表情的宮翎，無奈地搖搖頭。

然而宮翎似乎並不覺得這有什麼不對。

「他們怕我。」

呵呵，你還知道啊，看著這張臉，當然怕你了。

「為什麼？」

因為你是大魔頭啊。

「所以他們不會接納我一起住的。」

對啊，人家剛剛就委婉地表示拒絕了。

「我只能和你們住了。」

對啊……等等，這什麼意思？她是不是被人坑了？

柳好好斜著眼睛看著這個傢伙，見他還是一臉平靜，看不出來什麼情緒的時候，覺得自己是不是太有疑心了，只能擺擺手。「再說吧，咱們家還有好幾個沒嫁人的小姑娘，你可要注意點。」

宮翎沈默片刻。「那我住妳旁邊。」

「夠了啊，別得寸進尺！」說著，柳好好雙手一甩，氣呼呼地往苗圃走去。她還要看看自己培育的新蘭花現在如何了，可沒有時間和這個傢伙在這裡浪費時間。

看著柳好好氣急敗壞的背影，宮翎一直沒有表情的臉上出現一絲笑容。這抹笑容正好落入了旁邊幹活的幾個大兵眼中，紛紛震驚了。

宮、宮參將竟然會笑！

等等，宮參將是不是發現了什麼，知道東家是女兒身，所以才會這樣開心？

眾人又看著柳好好的背影，莫名有種錯覺——這位竟然被宮參將看中了，也不知道是好是壞。

柳好好進了大棚，心思就被上面的花苗給吸引了，看著被分為好幾個觀察箱的東西，雙眼放光了。

感覺到身邊的腳步聲，她笑著指著其中一盆已經開花的墨蘭說道：「之前給了文遠一盆墨蘭，可是把他的夫子給想死了。但是那墨蘭的穩定性不是很好，二代就已經開始褪色了。」她聲音溫柔，手指輕輕撫摸著接近黑色的小花苞。「這是我最近培育出來的，顏色比之前的要濃一點，但是花瓣的中心還有兩條淺色的線，看看，漂亮嗎？這品種的穩定性非常好，這是二代，那邊的是三代，等到它們開出來的花穩定下來，就可以投入市場了。可惜的是產量不會太多，不過沒關係，物以稀為貴，肯定會很值錢的。」

宮翎不懂這些，但是這蘭花的確漂亮，只是更吸引他的卻是旁邊這個少年說話的模樣，撫摸蘭花的動作，那眼中折射出來的璀璨光芒，更是讓他移不開雙眼。

「很漂亮。」

柳好好縮回手，看著面前這些蘭花，眼睛彎彎的。「當然啦，我還要靠這些發家致富呢，不好看我賣給誰？」

收回之前的話，這個小子雙眼都是錢，若是被那些大儒知道的話，肯定要說這麼高雅的事情竟然蒙上了一層銅臭味……

等等，為什麼他會有這個想法，大儒？自己想到這個的時候，怎麼會這麼自然，這個小子不是說他就是買回來的嗎？為什麼自己……

宮翎漆黑的眸子似乎有什麼東西一閃而過，快得讓人捕捉不到。

他抬頭看著旁邊的柳好好。看來是有什麼東西，這傢伙不讓自己知道。不過，他有的是耐心，一定會知道這個傢伙隱瞞了什麼。

「這些是茶花，怎麼樣，好看嗎？」這個時代的茶花已經出現了變種，但是懂得的人少，幾乎全部靠自然培育，所以數量稀有。但是她運用自己的知識，不但培育出變異的品種，甚至產量也增多。

「長得不錯。」

「那是當然啦，我本來就這麼好看。」細細的聲音帶著驕傲，惹得柳好好輕笑起來，伸出手摸摸枝葉，感覺到小傢伙那小小的戰慄，只覺得心情瞬間就被療癒了。果然花花草草才是真愛，至於其他的，一邊去。

「這茶花開得很好。」宮翎見她半天不說話，心裡有些不舒服，立刻走上前在她的耳邊說道。

低沈的嗓音就像是有魔力似的，撞上她的靈魂，把她嚇得趕緊往旁邊跳了一步，瞪圓了眼睛看著他，像是炸毛的小獸似的。

「離我遠點。」

剛才那熱氣噴灑到耳朵的時候，她渾身感覺就像是被野獸給盯住似的，真的好恐怖。

宮翎默默地看了她一眼。雖然依舊是面無表情，但是不知道為什麼，柳好好卻是從那一眼中看到了委屈，真是夠了！

她以前怎麼沒有發現這張面癱臉上會有這樣豐富的變化？

「那個……剛才太近了，我不習慣。」

宮翎再次默默地看了一眼，然後點點頭，自覺地往旁邊站了站。柳好好覺得耳朵有點熱，不好意思地笑了笑，乾脆把視線移到一邊。

宮翎看著站在一邊的少年，雖然目光落在面前的茶花上，但他就是覺得這傢伙並不在看花，甚至還有些……羞澀？

他看了看對方的耳朵，鬼使神差地覺得特別圓潤可愛。

「你真白。」

這傢伙是在調戲她吧，一定是的！

「你、你、你！」柳好好覺得自己不知道該說什麼好了。他還是不是當年那個精壯的少年啊，那個面無表情的毒舌傢伙如今竟然面無表情地調戲自己，這幾年的軍旅生活到底發生什麼事了？

氣氛變得越來越古怪，甚至讓她有種臉上都在燒的錯覺。

「嗚嗚嗚……」

突然，大黑嗚咽的聲音解決了她的煩惱。柳好好抬頭看過去，就見到大黑奔進來，咬著她的褲子就往外面走。

「欸，欸，怎麼了？」

第五十二章

「慢點、慢點！」

她趕緊把之前的想法給扔到腦後，迅速跟著大黑往外面跑去。

宮翎見狀，也跟在後面往外走。

只是不知道是不是他的錯覺，剛才那株茶花好像動了一下，明明這個大棚裡面沒有風啊……

不過腳步倒是沒有停頓，看到柳文近和大黑往山上走，也跟上去了。

「怎麼回事啊？大黑，別著急。」

這段時間，大黑可是天天往山上跑，肯定是照顧那母子去了。今天這麼著急是不是遇到什麼危險了？

看著大黑如此焦躁，她也加快了腳步。等到了那個地方，就見母狼氣息奄奄地躺在地上，若不是那雙眼睛還有幾分警惕，還以為牠死了。

看著腰腹上的傷口，看來這頭母狼是遇到了其他的猛獸。

「嗚嗚……」

大黑看來非常著急，柳好好才發現兩頭小狼不知道哪裡去了。她不由自主也著急起來。

「大黑，你的娃呢，找得到嗎？」

大黑立刻在母狼身邊轉來轉去，柳好好仔細一看，發現母狼的身下似乎有什麼東西，再看看氣息已經有些不穩的母狼，瞬間明白了，這兩個小傢伙應該是在牠的肚子下面。

「這荒郊野外的，連吃的都沒有呢……」說起來，這頭母狼在這樣的情況下都護著小狼，她心裡有些不忍。

她看了看被宮翎抱起來的兩隻小狼。「我帶回去了啊？」看著母狼沒有什麼反應，她眨眨眼。「那個……我帶回去好好養著，等傷好了再送回來怎麼樣？」

然而母狼連一個眼神都不給，柳好好見狀，拍拍大黑站起來。「我們回去吧。」

宮翎看著她。因為剛才忙著找小狼，領口有些敞開，露出了修長的脖子，還有精緻的鎖骨，他只覺得一股熱意一下子湧上來，眼眸沈了沈，把小狼塞到她的懷裡，伸出手給她整理一下衣領。

「你、你幹什麼！」

柳好好整個人呆了，立刻把兩隻小狼抱在懷裡，擋住他的動作，那雙眼睛更是瞪得溜圓，驚恐的模樣讓宮翎的嘴角都勾起來了。

「亂了。」

柳好好低頭，看著自己露出來的裡衣，瞬間臉紅了，匆忙把衣服給整理一下，然後勉強笑了笑。「我們回去吧。」

宮翎不緊不慢地跟在後面，看著他有些凌亂的腳步，眼中的笑意更加明顯了。

只是抱著小狼回到家，柳文遠看著她臉色緋紅的樣子，心中瞬間就怒了。然後又看到跟著進來的宮翎，只覺得自己的腦子都要爆炸了。

衣服還有些亂……他姐姐和這個傢伙去哪了？

「沒什麼，幫大黑照顧老婆和孩子了。」說著她指著放在桌子上的兩隻小狼。「這兩個我接過來養，太小了，在外面不安全。」

「就這樣？」

「你以為呢？讓二丫給牠們弄點吃的，我去換衣服。」身上還有點血漬什麼的，髒兮兮的，太難受了。

等柳好好離開之後，柳文遠挑剔的目光就落在宮翎身上，面無表情地道：「不是說去那邊住嗎？為什麼又回來了？」

「傷沒好。」宮翎言簡意賅說明了情況。

二丫得到柳好好的吩咐後就過來了，見到氣氛有些劍拔弩張，她愣愣的。「少爺，我帶牠們去洗洗……」

「嗯。」

二丫趕緊抱著小狼就跑了。

柳文遠面無表情。「這大宅子裡面姑娘比較多，不方便留你。」

宮翎淡淡看了一眼。「所以我要住你哥的旁邊。」

柳文遠氣炸了。「混蛋！我哥是你能夠肖想的？」

「我不是斷袖。」

可是我哥也不是男人！

這傢伙非常沈默，根本就不跟村裡人接觸，所以現在還不知道姐姐的身分，要求住旁邊是沒什麼奇怪……但是以後呢，要是他知道姐姐的身分，那麼……

「怎麼了，還在商量什麼？」

柳好好換了一身衣服，只是這一次穿上了女裝。

淡綠色的長裙，外面是一件淺綠色薄紗，腰上用最簡單的腰帶纏繞著，勾勒出纖細的腰肢。她一頭黑色長髮散落下來，還有些水氣，正一邊走一邊擦頭髮。看著站在這裡對峙的兩個人突然把視線都落在自己身上，她疑惑地眨眨眼。

「怎麼了？」

柳文遠覺得自己真的是多想了，剛才還在擔心姐姐的身分暴露了怎麼辦，現在她直接自己暴露了，完全不用擔心了……

等等，這個傢伙的眼神不對勁！

柳文遠立刻擋在柳好好面前，一臉擔憂地說道：「姐，妳這樣會生病的。」

「沒事。」

外面的太陽還大，她擦了擦，感覺頭髮乾了，隨手把毛巾扔到一邊，等著二丫收拾。

不過她忽然感覺到一股灼熱的視線，疑惑地看過去，就見宮翎那雙黑沈沈的眸落在自己身上，情緒十分古怪。

她下意識看看自己，這身衣服不算奢華啊，簡簡單單的，挺好看的啊，有什麼問題？

「有什麼問題嗎？」

「妳是女人？」

「怎麼了？」柳好好還是沒有反應過來，半晌才想起來，原來自己一直沒有說清楚身分啊……不對啊，那些大兵們也沒有說嗎？

「他們沒有告訴你？」

宮翎的表情已經告訴她，還真的沒有人說呢！她輕笑一聲。「那你現在知道了。」之前挺不好意思說自己的身分，隱晦地讓他離開，結果對方不願意，那現在應該要搬走了吧？

「所以你還是去那邊住吧，在這裡真的不方便。」

宮翎沈默地看了她一眼之後，只道：「不行，很危險。」

「啊？」

「妳這樣，危險。」然後又指了指柳文遠。「太弱。」

「你什麼意思，我可以保護我姐姐！」就算再怎麼早熟，柳文遠也不過是一個十來歲的少年，面對討厭的人以這樣輕蔑的語氣說自己弱，根本不能忍。

「事實。」

宮翎對他的質問完全不在意。一個瘦弱的小東西再怎麼蹦躂，也是一隻手就能夠捏住的，所以對於柳文遠的敵意和排斥，他根本沒有放在眼中。

「好了，別生氣了。」柳好好自然知道弟弟在生什麼氣，拍拍他的手。「不需要的，以前都是好好的。」

她沈默片刻。「但你住著不方便。村裡人都知道我是女子，若是留你在這裡，會有流言蜚語的。再說那邊離這裡並不遠，有什麼問題，你也可以及時趕過來。」

宮翎深深地看了一眼，然後轉身走了。

柳文遠哼了哼，覺得對方至少識趣的，不過還是有些擔心，扭頭看著姐姐越來越精緻的眉眼，那笑起來帶上幾分溫柔的模樣，心中哀嘆不已。

「怎麼了？」

柳文遠搖搖頭。「我只是有些擔心……」

一點自覺性都沒有的某個女人疑惑地看著哀嘆不已的弟弟，笑了。「宮翎不是壞人。」

就算他真的什麼都不記得了，這麼多年的接觸下來，她也知道他是一個不錯的人。

柳文遠嘆氣。姐姐真的是心大啊……他不是在擔心宮翎好不好，他擔心的是姐姐。

「我去看書了。」

等到柳文遠離開之後，柳好好不在意地把頭髮給紮成馬尾，坐在椅子上，豪爽地給自己倒了一杯水，一口氣喝下去。

剛準備進來的宮翎見到這一幕，默默地回想看到穿女裝的她那震撼的一幕，又看看現在這場景……難怪自己從來就沒有想過對方是個姑娘。

哪怕村子裡面再野的姑娘也不會有這樣大刀闊斧的坐姿，更沒有這樣豪爽喝水的舉止，看著柳好好那精緻的眉眼，再看看她的動作，他覺得有點無法置信。

「你怎麼又回來了？」

這嫌棄的語氣讓宮翎的腳步停頓了一下。自己還是很難接受這個傢伙是女人的事實。

「我搬過去住。」

「喔，行啊。」

宮翎從懷裡掏出一個小東西來。「給妳。」

柳好好看著對方手中拿著的東西，是個非常漂亮的木簪，一看就是手工刻的。這種動不動就喜歡送小東西的愛好，還是沒有改變啊。

她接過來，這是個髮簪，祥雲樣式簡單大方，只是怎麼看怎麼覺得像男款。柳好好疑惑地看了一眼，眼中寫滿了不明白。

「原本以為妳是男子。」

宮翎就這麼看著柳好好，不走也不動，這態度讓她有些捉摸不透。

「以後會給妳做更好的。」

突然，他面無表情地道，但是怎麼看怎麼怪異。

柳好好斜著眼睛看著宮翎，笑了起來。「幹麼，對我這麼好啊？」

宮翎深深地看了一眼，莫名覺得臉有些燒。

「還不去賺錢，難不成以後就這麼送木頭髮簪給我？」柳好好看了一眼，笑了。「我可是很能賺錢的。」

宮翎整個人一僵，又看了她一眼之後，毅然決然地轉身走了。

看著他高大的背影，柳好好哈哈大笑起來。

別以為她沒有看到剛才那一瞬間的僵硬，哼，還想在這裡要賴不幹活，不要以為她願意。不過這髮簪做得倒是不錯，以後出門的話可以用了。

「喂，我說老三，這大人是怎麼回事？」

正在苗圃幹活的兩個人湊在一起竊竊私語，其中一個個子高點的大兵一臉不敢置信地看著正在忙碌的宮翎，總覺得這個穿著粗布短褂的漢子太玄幻了。

因為這個是誰啊，那個曾經帶著他們上戰場的冷面神啊，那個只要一聲令下就必須往前衝的參將，現在竟然和他們一樣在這裡挖樹栽樹，數著樹苗，想想都很驚悚好嗎？

「嗯，已經齊了。」宮翎拍了拍車子，冷著臉說道：「我和你們一起。」
「不不不，我們去就好了！」
他看著幾個有些驚慌失措的人，皺皺眉，忽然篤定地道：「你們認識我。」
幾個人立刻擺擺手。東家可是說了，現在的參將大人就是一個普通老百姓，沒有什麼身分的，不允許他們胡說，否則……
「不認識，就是覺得你好厲害。」
「對，很厲害！」
宮翎看著他們，濃眉微微一動，眼神瞬間犀利得讓人害怕。但他只是看了一眼，轉身就去幹其他的活。
沒想到隔了好一陣子，戴榮忽然來信，說是要帶兩個好友過來。柳好好詫異的同時，又覺得得認真接待一下。
「真的要這樣？」
穿著綠色衣裙的柳好好再一次嘆氣。實在是太繁縟了，這一層又一層的，套了三層好不好？她該說幸虧現在天氣已經漸漸轉涼了嗎？不然她一定會被熱死的。
「春娘……」
「東家，您今天要見的可是大人物，怎麼可以這麼隨意，不好。」

柳好好看著春娘那雙手把自己的頭髮綰起來，弄成一個小髮髻，然後從梳妝檯上挑了一朵淺綠色的珠花戴上，又挑了一副翠玉耳環配上。

「真好看。」

春娘看了一眼，覺得東家這張臉簡直就是惹人犯罪啊，那雙似乎會說話的眼睛，一睜一閉之間，盡顯風情魅惑；那微微嘟起的紅唇就像等待採擷的花瓣，白皙的皮膚更是嫩得如同剝殼的煮蛋……再加上這套她精心挑選出來的裙子，就是畫中仙啊！

「謝謝。」

柳好好整理了一下外衣，站起來轉了一圈。

不得不說，雖然不怎麼喜歡女裝，但那只是因為幹活不方便而已。作為一個姑娘家，對於這些美美的衣服，怎麼可能不喜歡呢？

今天便是之前與戴榮約好的日子，他會帶著兩個朋友過來。

柳好好聽弟弟的話，乾脆早點暴露身分，所以才會在房間裡折騰了這麼久。

遠處，一陣噠噠噠的馬蹄聲傳來，幾匹馬迅速趕往柳家村的方向。其中在中間的是穿著白色錦衣的男子，身邊是一個灰色勁裝的男子。

「少爺，我們快到了。」

「嗯。」年輕男人漫不經心地應了一聲。

看著前面修得特別平整的道路，兩邊是一排整齊的大楊樹，賞心悅目。

「沒想到幾年沒來，柳家村倒是變化不少呢。」記得第一次經過的時候，這邊可是泥濘不堪的路，一下雨就不能走了。

「不知道那小子看到我們會怎麼樣？」穿著灰色勁裝的男人便是展明。因為睿王爺立了功，皇上便給他豐厚賞賜，還準備讓他去戶部，誰知道這位爺不但沒有答應，反而跑了。去哪呢？

雲溪第一個念頭便是來柳家村，畢竟這個小子當初幫了不少的忙，雖然上面沒有注意到，但是身為最直接的受益者，不能一點都不表示啊。

「走吧，很快就到了。」

說著，他快馬揚鞭，就往柳家村的方向趕去。至於怎麼找到那小子的家，簡單得很呢，因為這小子養花草，門口最多花草的便是柳家。

這一行人到的時候，發現門口停著兩輛馬車、站著幾個人。仔細一看，展明眼中閃過一絲意外。

「那不是上一屆探花郎戴榮嗎？」

「是啊，身邊那兩位也是京城來的。」雲溪笑了笑，沒想到這次過來竟然會有這樣的意外。

柳文遠正在門口等著，看到戴榮衣著低調，便知曉他們並不想要引人注意。哪知道還沒有說上幾句，就聽到一陣馬蹄由遠及近，他抬頭一看，愣住了。

這是……

「哈哈，剛好經過這邊，想著好些時日沒有過來便尋來了。」展明樂呵呵的說著，然後看著旁邊的幾個人。「不過今天趕巧了，家裡來客人了。」

柳文遠看了一眼展明，視線落在雲溪身上。他感覺到這個男人雖然一臉的漫不經心，身上的氣度卻不容忽視。可見，對方絕對不簡單。

這下好了，姐姐的身分就算想要瞞也瞞不住了。

第五十三章

站在戴榮身邊的年輕人正瞪著眼睛看著展明，一臉的不敢相信。

林莫知是戴榮的好友，父親在吏部任職，自然是識得這位長安侯府的世子爺。聽說這位和六皇子走得很近，這……難道說？

他和另外一個年輕人溫少卿對視一眼。

溫少卿也看了看，沈默下來。不過相較於林莫知的吃驚，他倒是淡然得很。聽說這位就喜歡到處跑，喜歡賞花弄草的，能在這裡見到也不是太意外。

雲溪慢悠悠地甩著扇子。「文近呢？怎麼不出來？」

「來了，誰專門來看我啊？」

柳好好帶著春娘出來，剛好聽到這樣的話，便出了聲。

一聽到這麼清脆的聲音，所有人都看了過去。

「這……」

「怎麼？」

「文近?!」

柳好好點點頭。「怎麼了？」

展明大吃一驚，半晌才出聲。「搞半天，妳竟然是女兒家。可是……」他看了看柳好好這張漂亮的臉，又回想了一下之前的那個普通小夥子，怎麼都沒有辦法把這兩張臉想在一起。

倒是雲溪一臉自然地看著她，然後肯定地點點頭。「還是這樣好看。」

「什麼意思，原來你早就知道了？」展明愣了一下，然後看著雲溪，半晌才笑道：「難怪，難怪呢……」

柳好好聽著他們這樣打機鋒，也不知道什麼意思，只是嘿嘿笑了兩聲。「之前因為年紀小，就是冒充了一下，只是裝著裝著，覺得裝不下去了，所以乾脆就不隱瞞了。抱歉啊，各位。」

「沒、沒事，只是有些吃驚。這是否叫做巾幗不讓鬚眉？」溫少卿笑了笑，但是不管怎麼說，總覺得氣氛有些尷尬。他們這些人和女子打交道的機會少之又少，實在有些不知怎麼應對。

林莫知淡定地點點頭。「這也是無奈之舉，可以理解。」

「哼！」

本來和諧的氣氛被這個冷哼給壞了，眾人看過去，就見戴榮原本帶著笑意的臉竟然有幾分憤怒，不僅如此，眼中甚至流露出幾分委屈。

柳好好覺得自己看錯了，可再想仔細看的時候，對方已經是一臉冷漠的樣子，似乎完全不想搭理的意思。

柳好好抿唇，知道自己一直隱瞞身分是不對的，只是沒有想到對方竟然會有這麼大的反應，一時半會兒也不知道怎麼辦才好。

「不是說想去看花嗎？請各位移步。」柳文遠感覺到周遭氣氛有些不對勁，趕緊說道：「請。」

「好，請。」

林莫知和溫少卿他們過來的目的就是為了花，所以沒有什麼非要在意的地方，一聽到這句話的時候，自然是迫不及待。

雲溪只是挑了挑眉，露出一抹意味深長的笑容，那目光在柳好好身上走了一圈，看得柳好好渾身的雞皮疙瘩都起來了，才饒有興趣地收回來，輕笑一聲。「那就走吧。」

展明還是震驚，因為他發現自己竟然這麼蠢，一點點跡象都沒有看出來，這種被打擊的滋味真的不好受啊！

不過，他搖搖頭，想這麼多幹什麼呢？難道會因為對方的身分就斷了交往嗎？

他不著痕跡地看了一眼身邊的王爺，見到對方眸子裡的那一抹興味，只覺得寒氣直冒，趕緊把所有的想法都收起來。

「這邊。」

柳好好看了一眼戴榮，見他還是那副表情，心中無奈地嘆口氣。總覺得這個傢伙表面上看似長大了，實際上還是孩子呢，那個動不動就喜歡鬧彆扭的傢伙。

「各位，那邊是我的苗圃，種的是較普通的花草。」

柳好好把所有心思收起來，認真介紹。「這個季節正是菊花盛開的時候，各位要不要看看？對了，還有劍蘭……」

「好，看看。」

眾人十分有興趣，他們雖然喜歡買花草，但是一般都是那些稀有的，像這種大片大片連在一起的，卻是很少見。

苗圃分為花圃和樹苗栽植兩大塊，而花圃裡也根據花的品種各自分開，規劃得十分整齊。

而那一大片連在一起的菊花正盛開著，有著各種各樣的顏色。

「真漂亮！」

「是啊。」

柳好好也笑了起來。這裡到底有多麼好看，自己最清楚，那種五顏六色的盛宴還有生命的綻放，是她最愛的。她笑了起來。「每次站在這裡，心情也好了。」

是的，心情很好。

眾人看過去，發現還有不少人在裡面忙碌著，不過這很正常，他們看了一眼就收回視線了。

不過雲溪卻是仔細地看了看，才慢悠悠地收回視線，對展明露出一個眼神。

展明點點頭，不著痕跡地落在人群後面，最後就這麼悄悄離開，竟然誰也沒有注意到。

「對了，柳……柳小姐，墨蘭在什麼地方？」

可不覺得墨蘭就這麼大大方方在這裡栽植，那豈不是暴殄天物？

柳好好知道他們的目的，笑了。「在那邊，我弄了一個大棚。」

「大棚？」

雲溪有些好奇了，收起摺扇看著面前這個又高又大的棚子。「這個有什麼用？」

「用處很大。」柳好好看著他的視線落在大棚上。「我們都知道植物是跟著四季開花的，那麼陽光、溫度、水分都是必不可少的。」

「喔？」

「這個大棚子能夠保持溫暖，所以在裡面種植花草，不用擔心四季變化。」柳好好見雲溪十分感興趣，又解釋道：「其實這裡也可以用來種菜。」

「喔，那這麼說也可以種植莊稼了？」

「理論上可以。」柳好好點點頭。「但是成本太大，不划算，只能種點菜供應家裡吃。當然若是有人願意大量種植，其實也是一個賺錢的好辦法。」

雲溪挑眉，露出一抹笑容來。相較於其他幾個人的相貌，他的五官偏精緻，但一點都不女氣，反而十分英氣。再加上通身華貴，還有那優雅的動作，一個小動作都能夠吸引人注意。

所以他這麼一笑，頓時有種讓百花失色的感覺，真的是……男色誤人。想什麼呢！柳好好暗罵自己。

原本以為雲溪會繼續問下去，哪知道對方只是笑了一下就不再多問，目光輕飄飄的落在大棚上，也不知道在想什麼。

「走吧。」

眾人跟在她的身後走到大棚裡面，果然第一感覺就是溫度比外面要熱很多。

不過好在大棚是敞開著，裡面通風，也不至於讓人覺得悶。

其實柳好好並不是很滿意現在這個大棚，但是沒有辦法，相比於後世的那種智慧溫控系統，她能搭好這個大棚已經很不錯了。

「啊，墨蘭！」

溫少卿激動的聲音把所有人的心思都吸引去了，就見他激動地往前跑，站在墨蘭的面前，顫抖地伸出手，就像是見到失散多年兒子的老父親似的，眼裡都快要落下眼淚了。

而林莫知更是被大棚裡面各種各樣沒有見過的花草給迷了眼，實在是太多了，太美了，即使是他也有種生在夢境之中，不可自拔的感覺。

柳好好見他們這樣，有些不好意思地摸摸鼻子，想要說話，卻被雲溪的扇子給敲了一下。

「啊？」她呆傻傻地看著他，一臉的疑惑，似乎不明白為什麼要挨這一下。

「這麼多寶貝拿出來，就不心疼？」

「心疼啥，反正也是要賣錢的。嘿嘿，他們不會少給我錢吧？」柳好好笑得眼睛都要看不見了。

雲溪看了她一眼。他知道這個女人喜歡錢，但沒有想到竟然喜歡到這個地步。

「東西只有得不到才會有身價，拿出來只會降價。」

「唉，太貴了也麻煩。」柳好好眨眨眼睛。「好東西多了就容易招賊惦記，我可不想每天都在擔驚受怕。你想啊，這兩個人身分不簡單吧，見過了好東西，哪還會去喜歡那些便宜貨呢？所以我這是給自己加了一道保險呢。」

「怎麼，有了我還不行？」雲溪帶著笑反問。

但柳好好卻感覺得到對方的不高興，想了想，認真道：「雲公子的身分其實很好用，但是也非常不好用啊。」

「怎麼說？」

「就像我女扮男裝是為了方便，若不是怕日後引來麻煩，今日自然也不會恢復女裝。而且今日來的都不是心懷不軌之輩，才敢如此大膽。但是雲公子呢，你能把自己的身分這樣大大方方地露出來嗎？」

雲溪眼中閃過一絲訝然，然後又笑起來。

「所以啊，現在不管是戴榮還是那兩位，他們的身分是大家都知道的，只要他們願意護著點，那麼我這裡膽子大的、敢找麻煩的，自然不會很多。」

「妳倒是聰明。」雲溪拿著扇子又敲在她的頭上，不是很重，就是有點輕微地疼。

他若有所思地看了她一眼，又看了一眼站在不遠處的戴榮，見到對方眼中的不愉，心裡閃過一絲興味。

他慢慢地俯身，靠近柳好好。

「妳覺得，那位戴榮戴大人真的願意當妳的靠山？」

因為靠得太近，雲溪說話的時候，呼吸都噴灑在她的臉上。

許是因為太近，男人身上的那股冷香太明顯，柳好好一下子臉就紅了。

這一幕自然是落在戴榮的眼中，他只覺得心口的位置像是有一團火焰在燒，燒得他差點要爆炸了，雙眼都要瞪出來了。

他鬼使神差地往前走，想要把柳文近……不，柳好好這個女人給拽過來，難道她不知道男女有別嗎？難道不知道現在的她是女兒身，不應該和陌生男人靠得這麼近嗎?!

真是該死！

「戴大哥。」柳文遠一直沒說話，只感覺到身邊的人有些不對，抬頭便見到戴榮的眼睛落在姐姐身上，他趕緊出聲。「戴大哥，不想選一盆花嗎？雖然有些貴，但是我還是能做主送一盆的。」

「你哥……不，你姐姐和那個人很熟？」

「還行吧，我記得好多年前他們就一起做生意。」柳文遠看了一眼，淡淡道。

「喂，你們在幹什麼呢，這裡的花草好多，好多都是我沒有見過的。」

溫少卿在大棚裡面走了一圈，被傳得神秘的墨蘭，在這裡他看到了不下於十株，還有那麼多沒有開花的，以及那些牡丹、桃花、茶花……不，太多了……簡直美不勝收。

「那個，柳小姐咱們商量一下。」

溫少卿哪還有什麼文人的儒雅氣質，整張臉都擠在一起了，看上去像朵花似的。

「對，商量一下。」

林莫知也跑過來了，他的相貌是那種類似宮翎的硬漢形象，看得出來脾氣很急，所以皺著眉，一身急躁的感覺，但是現在……站在面前笑得一臉褶子的到底是誰？

大概是兩個人反差太大了，柳好好有些反應不過來，木訥問道：「你們要幹什麼啊？」

溫少卿笑了笑。「我之前想要墨蘭，現在商量一下，給我兩盆墨蘭，一盆三色牡丹，還有一盆十八學士……」

「我沒有那麼貪心，一盆那個白色的蘭花加上兩盆茶花就好。」

說完，所有人都不說話了。

柳好好像是看著外星人似地盯著他們。這兩個人真的實在是太不要臉了，一開口就要這麼多，真的以為她是慈善家嗎？

「不行。」

還沒有等到柳好好說話，雲溪先一口否決。

溫少卿和林莫知的臉上浮現一絲不自在的表情，然後互看了一眼。「那不知道柳小姐能給我們多少呢？」

柳好好眨眨眼。「之前提了各位只是想看看花圃，了解我這邊有什麼品種，現在看到了……」

溫少卿的臉瞬間有些彆扭，但是很快恢復正常，點點頭。「是啊，不知道姑娘是否願意割愛墨藍？」

「割愛談不上，總歸是要賣的。」柳好好笑了笑，那雙靈動的眼睛裡帶上幾分算計。「不多，一盆一萬兩。」

溫少卿的臉色沒有變化，顯然這墨蘭的價值在他的心目中只高不低，便點點頭。「好。」

「最多再給你一盆三色牡丹，這比墨蘭要簡單點，八千兩，不能再多了。」

「可以。」

「至於林公子，一盆三色牡丹和一盆寒江雪，加起來一萬六千兩。」

林莫知想了想，在雲溪的視線中，兩個人都點頭應了下來。不過林莫知倒是臉皮厚的，又問道：「說起來，這花雖然稀少，但是能買得起的人也不多吧？咱們這次也算是大客戶了，不知道有沒有什麼添頭呢？」

柳好好看著這個傢伙一副討價還價的模樣，整個人有些無語了，眨巴著眼睛，嘆口氣道：「好吧，我最近剛剛培育了一種新蘭花，給你們一人送一盆吧。」

另一邊，悄悄離開的展明在花圃中慢悠悠走著，最終來到彎腰幹活的那個人面前，停了下來。

正在幹活的宮翎感覺到有人靠近，在第一時間已經戒備起來，但沒有覺察到對方的敵意，這才收斂了身上的氣息。

「你怎麼在這裡？」

男人的語氣十分熟稔，讓忙活的宮翎愣了一下。他直起身來看著站在面前的男人，淡漠地道：「我為什麼不能在這裡？」

其實他根本對這人沒有印象，但是這人跑過來開口就這麼說，他立刻明白這個人是認識自己的。面無表情的好處就是讓人無法猜到自己心裡的想法，簡直就是最完美的面具。

展明看著對方一臉漠然地回望自己，嘆口氣道：「你可知道外面亂成什麼樣子？你倒好，跑到這裡來了。你知道嗎？大將軍十分擔心，還以為你……」

宮翎目光沒有閃爍，只是點點頭。「以我現在的情況，回去也不是好事。」

他試探了一句。他能夠感覺到柳好好其實是知道自己的身分，但是出於某種原因，卻不肯說，那麼就說明一個問題：現在的他很危險。

他只是忘記了，不代表傻。

「的確。」

展明點點頭，眼神複雜地看著他。「但是你在這裡也不是長久之計。」

見宮翎還是一副沒有表情的樣子，他無奈地搖搖頭。「你這樣的啊，也只有人家柳好好能收留你了。行了，既然你知道，我就不多說了，那些老鼠我會幫你解決的，不過你要做好準備，很快就要回去了。」

宮翎沒有出聲，看了他一眼後，繼續幹活。

展明笑了笑。既然宮翎沒事，那麼有些人的手就要被斬下來了。不過這小子竟然願意留在這裡，也不知道是為了隱藏自己，還是為了這裡的……人。

感覺到對方離開，宮翎的手停下來，深深地看著展明離開的背影，迅速地在腦海裡面轉了一圈，大致推測了自己的身分。

不過就算猜得出來，對他來說也完全沒有知道的必要，反正他現在只是一個長工，被柳好好買回來的長工。

第五十四章

眾人在大棚裡面轉了一圈。林莫知和溫少卿雖然有些不捨，但是此行的目的已經達到，甚至還超出自己的想像。

至於戴榮，自始至終就沒出聲，一路沈默地跟在後面，看著柳好好和其他人的互動，眼中閃過一絲探究。

一行人開心地離開了，戴榮自然也是要走。他深深地看了一眼柳好好，沈默片刻才道：「好好？」

「嗯。」

「下次到鳳城來，我好好謝謝妳。」

「啊？」

「一定要來。」

「喔，好吧。」

雖然不知道戴榮的話是什麼意思，她還是應了下來。

把他們送走之後，柳好好有些無奈地看著站在這裡一副不準備離開的雲溪。

「雲公子，您這是……」

「這裡山清水秀，倒是一個好地方，本少爺想在這裡待幾天，如何？」

「雲公子，認真的啊？」柳好好有些不確定。雖然這邊環境是不錯，但是這位大佛的身分可是不簡單啊！「這邊條件有些差，您這……」

「無礙，只要……文近願意便好。」

不知道為什麼，這個人在說「文近」的時候，卻給人一種古怪的錯覺，拉長的音調帶著起伏，竟然有種繾綣的韻味。

柳好好莫名打了一個寒顫，扯著臉皮露出一個笑容來，怎麼看怎麼彆扭。

「怎麼會？」

柳好好摸了摸脖子。總覺得怪怪的，但是也沒有什麼不對勁的地方，這個叫雲溪的傢伙一直以來都比較隨興，不，隨興中還帶著一絲不容拒絕的霸道。

那種處於高位的人，也許並不是故意的，但是身分決定了他們的態度，自然而然流露出來的專制和霸道是其他人不能拒絕，也不敢拒絕的。

就這麼定下來了，柳好好只能讓人把後面的客房收拾兩間出來，還特地讓人去縣城弄了幾床最好的蠶絲被回來，心好痛……

看著柳好好盯著蠶絲被的模樣，雲溪有些無語。

「今天妳可是賺了三萬四千兩的銀子，幾床被子不過幾百兩而已，至於這麼心疼嗎？」

柳好好白了他一眼，心痛得無以復加。「幾百兩已經夠我們這邊一家子用十來年了。」

「但是錢賺來不就是要花的嗎？」

柳好好沒有說話，花在自己身上和花在別人身上的滋味是完全不一樣的，而且這個傢伙賺的錢比她多得多呢，現在竟然這麼說，哼，不開心！

晚上，夜幕降臨，所有人似乎已經休息了，安靜得很。

院子中的大樹發出沙沙響聲，讓這個靜謐的夜晚顯得更加神秘。

一抹頎長的身影就這麼出現在院子中的石桌邊，慢悠悠地坐下來。

「怎麼，睡不著？」

展明拿著一壺酒走過來，坐在他面前，看著男人慵懶的模樣，笑了起來。「看王爺這樣子，若是被他人知曉，只怕無法相信是那個溫文爾雅的六王爺呢！」

「呵，怎麼，那你也不是那個人人敬而遠之的世子爺。」

展明笑了笑，對於雲溪的話不置可否。「要不要喝一杯？」

雲溪歪坐在石凳上，黑色長髮就這麼隨意地披散在腦後，一陣風吹過，幾縷髮絲調皮地撫著他的臉頰。也不知道是天氣燥熱還是因為喝了酒的緣故，臉上帶著點粉色，再加上絕美的五官，簡直就是人間誘惑。

「怎麼，還是不願意回去？」

「回去作甚，難不成還讓那些人來折騰我？」雲溪淡漠道：「真是無聊至極。」

「別忘了，雲妃娘娘幫您物色的可是兵部侍郎李家的嫡長女，聽說可是出落得亭亭玉立，溫婉端莊。」展明給他倒了一杯酒，然後笑道：「可惜入不了你的眼。」

雲溪的眸子裡面閃過一抹深思，把酒給喝下去，面無表情地看著前方，哪怕夜色裡黑漆漆的什麼都看不見。

半晌，他才問道：「你看見他了。」

「嗯。」

「怎麼回事？」

「他沒說，不過我們查到了有人想要殺他。」展明淡淡地道：「看來有些人害怕宮翎成長起來啊……」

「呵，那群短視的。」雲溪又是一杯酒下去，一邊眯著眼睛感受秋風的涼意，整個人都放鬆下來。

展明的眸光微微一閃，心裡深深地嘆了一口氣。

王爺周圍那些兄弟如狼似虎，稍微有一點點放鬆就可能粉身碎骨。大概是因為這樣，所以……才會喜歡這裡吧，才會喜歡柳好好那樣的聰明卻沒有害人心計，大大方方的小女人啊……

「王爺什麼時候發現她的身分的？」

「如此明顯，你竟然還不知道？」

「好吧，王爺想怎麼樣？」

雲溪晃了晃手中的液體，然後慢慢喝下去。「能怎麼樣？」

難不成把人給困在身邊嗎？

在他的眼中，柳好好就是一株活得特別有生機的野花野草，旺盛的生命力讓她不畏懼風雨，活得自由開懷。

若是把人真的放在身邊了，只怕沒過幾天就會枯萎了吧……

展明搖搖頭。「宮翎這段時間應該不會回去。」

「嗯，不回去也好。」

說完，兩個人再一次安靜了。晚風徐徐，兩個人在這裡把一壺酒給喝掉，才各自回房睡覺了。

柳好好睡得香甜，卻不知道在黑夜之中，一抹身影悄悄溜進來，然後跑到她的房間，悄悄躲在房梁之上。

看到柳好好恬靜的睡顏，冰冷的眼神也漸漸地柔和下來，那張臉上竟然浮現了笑容，只是一閃而過。

等到她呼吸漸漸徐緩之後，他悄無聲息地從上面跳下來，然後走到柳好好的床邊，那雙漆黑的眸子就這麼定定看著床上的女人。

宮翎不知道為什麼自己會有這樣的舉動，像是一個登徒子，又像是偷兒一樣，竟然在深夜跑到一個姑娘的閨房中。

但是今天，看到柳好好竟然穿著女裝出現在那些人面前，讓他們眼睛一亮的表情時，他真的是有些嫉妒了。

而且那些人當中有人竟然認識自己，那種滋味真的不舒服。

他不能讓那些人知道自己對柳好好的態度，雖然不明白為什麼，但是內心深處卻是不停如此警告著自己。

他慢慢走過去，下意識地伸出手想要撫摸柳好好的臉，只是手在距離她的臉還有兩寸的時候停了下來。

他的手指停在那個位置，虛空地描繪著女人的輪廓，像是著了魔似的，一遍又一遍，然後嘴角的弧度越來越明顯。

終於，他停下來了，只是還是沒有忍住，用食指輕輕地碰觸了一下她的臉頰。

見女人不舒服地皺眉之後，再迅速把手給收回來。

深深地看了一眼之後，他消失在黑夜中。

「早。」

柳好好推門出去的時候，就見到雲溪站在院子的大樹下，動作徐緩，好像在打拳。

「這是……打拳？挺好的啊。」

柳好好笑了笑，聽說能夠一直鍛鍊身體的人性格非常自律，看這個樣子，顯然雲溪就是這樣的人。

見他慢慢打完最後一招，收勢，她才開口道：「宮翎在這裡，你們見面了嗎？」

「喔，怎麼會在妳這裡？」雲溪慢悠悠地拿起乾淨的手帕擦臉，然後隨手扔給旁邊的小廝，才把挽起的袖子給放下來，不在意地問道：「他不是應該在軍營嗎？」

雖然這麼說，語氣卻是十分平靜，柳好好眼珠子一轉，笑了。「我去準備早餐。」

展明正好聽到他們的對話，見她離開也笑了。「這丫頭倒是聰明。」

「不聰明的話早就被人給吞了。」雲溪淡漠地說。一盆花就能賺上萬兩銀子，若是被人知道了會不眼紅？

不然當初他要插手的時候，這個女人怎麼可能那麼簡單就同意，還不是看中他的身分。

「這麼說，她很有可能知道王爺的身分了？」

「身分大概是不知道的，卻知曉我們不普通。」

「和聰明人相處倒是不累。」展明笑了起來，看了看天色。「既然是為了散心，咱們也出門轉轉，如何？」

雲溪瞇了瞇眼睛，走在鄉間的小路上，偶爾遇到打招呼的人，都被展明給回應了。

「這一片是柳好好家的？」
「是啊。」
田裡，沈甸甸的稻穀已經彎下來了，那金燦燦的模樣帶著淡淡的稻香味，讓人不由自主地深呼吸起來。
「沒想到在這裡有這種獨特的風景，心也靜了。」
展明看著連成一片的稻田，就見有人走過來，熟練地剝開水稻。「這過幾天就能收割了呢，嘿嘿，不知道今年秋收節會不會像去年那樣，整頭豬呢。」
「肯定會啊，東家說了豐收就加餐呢！」
「看看，今年的收成又變好了。」
幾個人說話的聲音傳到他們耳中，展明若有所思地看著面前的稻田，疑惑地問道：「怎麼覺得這邊的稻子長得特別好呢？」
他們在大慶國內可以說沒有不知道的地方，最適合種植水稻的所在並不是這裡，而是雨水充沛的江南一帶，但是江南的稻似乎並沒有這邊長得好。
「難道是我記錯了？」
雲溪在面前沈甸甸的稻穗上看了一眼，輕笑一聲。「你覺得柳好好的花長得怎麼樣？」
「當然非常好了。」
「品種呢？」

展明想了想，猶豫了下。「感覺她真的非常擅長這個，短短幾年時間竟然培育出這麼多稀奇的花草。就是憑藉價錢也看得出來，這些花草是多麼珍貴。」

「你覺得她能夠弄出來那麼多珍貴的，難道不會想辦法提高水稻的產量嗎？」

「王爺是說……」展明不敢置信地看著。「這若是被……被上面知道……這可是利國利民的大事啊，這丫頭的身分那就不一樣了。」

「也說不定會走不到京城。」

雲溪淡淡道，展明也不說話了。

「上面那位現在雖然有些……但是這可是關於民生的，若是咱們大慶所有的人都能夠用這樣的稻種，到時候軍餉還有什麼好擔心的？而我們……」

「展明啊展明，怎麼隨著年紀增長，你的頭腦也愚鈍了嗎？這件事關係重大，你覺得柳好好一個什麼都沒有的人，能受得住？」

展明想了想，幽幽嘆口氣，搖搖頭，什麼都沒有說了。

雲溪看著面前的稻穀，扇子晃了晃。「這次來柳家村是真的沒有錯了。」

這時，宮翎挑著擔子走過來，看著兩個人站在這裡，就這麼逕直走掉了，完全沒有反應。

「這傢伙怎麼回事？」

「誰知道呢？」

就在這個時候，柳好好也過來了，自然地走到田間看著幾個人站在一起，湊上去樂呵呵地笑道：「雲公子。」

「怎麼了？」

「那個……我有點事要說。」說著，她走過去小聲地道：「宮翎在我這裡只是暫時的，雖然我不知道發生什麼事情，但絕對不是好事。我也不想留他在這裡，但是……」她壓低了聲音。「他腦袋出了點問題，忘記了很多事。」

「妳是說……」

「是啊，他失憶了。是不是覺得很諷刺？可我也不知道啊，那些人送他過來，他醒來後就變成這樣了。我還以為他是裝的，但是這麼長時間下來……那些送他過來的人，也沒有消息。」柳好好眨眨眼，有些討好地問道：「雲公子，您看……是不是要把人……那個……嘿嘿……」

她的意思很明顯，她就是一個小市民，不想惹麻煩，不管是雲溪還是宮翎，這些人的身分對她來說都是高不可攀的。做生意，那是有利益上的往來，除卻利益之後，便沒有其他的瓜葛。

可是現在的宮翎就是一個大炸彈啊，就算不爆炸，也是非常危險的存在啊，若是雲溪能夠把人帶走的話，多好。

不是她心冷，而是她真的只是想要當一個小老百姓，賺點錢，過著安穩的日子。

雲溪眯起眼睛看著這個笑得有些討好的小女人，薄唇勾出一道蠱惑人心的笑容來，收起扇子，右手的食指輕輕地勾起她耳邊的一縷髮絲，湊上去，薄唇輕吐。「所以，妳想要做什麼？」

太近了，近得能夠聞到男人身上獨有的香氣，不刺鼻，反而有種冷淡的感覺，讓人腦子都有些迷糊了。

「嗯，為何不說？」

不得不承認的是，不管是男人還是女人，其實都是看臉的。擁有這麼英俊長相的男人湊上來，還帶著幾分魅惑的笑容，即使柳好好再怎麼淡定也有些把持不住。

「呃……我就是……」

「就是什麼？」也不知道雲溪是不是故意的，看到柳好好已經通紅的臉頰，不但沒有拉開距離，反而又湊近了些，嘴唇看上去都要親吻上她的耳朵了。

柳好好實在是有些受不了他身上散發出來的氣息，讓她很不自在，不由自主往後退了一步，然後迅速逃開了。「不不不，我什麼都沒有說，什麼都沒有說！」

展明目瞪口呆地看著這一幕，直到柳好好跑走了才回神。「王爺，這是……幹什麼呢？」

雲溪臉上的笑容全部收起來了，右手的食指和拇指輕輕地撚了撚，目光清冷。

他渾身的冷意實在是太明顯了，展明就算心裡有疑問，也不會就這麼直接地問出來。再一看，發現對方的雙眼就這麼看著前方，原來宮翎竟然不知道什麼時候看過來了，那雙黑色的眸子平靜，甚至有種冷冽的殺意在裡面，讓人不寒而慄。

他這下知道，原來柳好好說的是真的。

宮翎真的失憶了，而且忘記了他們，因為這個傢伙平時雖然冷淡，但是絕對不會用這樣的目光盯著他們。

「真是有趣，不是嗎？」

雲溪慢悠悠打開扇子，然後在田間走著，對自己剛才做的事情一點解釋都沒有。

「就不怕那個小子翻臉？」

「翻臉？為什麼呢？」雲溪隨意地問道，好像十分感興趣似的。「不過，他會不會呢？我很期待呢……」

說著，若無其事地走過去，站在宮翎的面前，意味深長地看著這個面無表情的男人，笑了。

「生氣了？」

宮翎就這麼看著他，神情依然沒有什麼變化，眸光冰冷無比。

「看我？」雲溪笑了笑，然後伸出手點了點。「沒想到你竟然變成這樣了，真是……笑話。」

第五十五章

說完之後，他便又慢悠悠地走了，完全不在乎身後的人。

柳好好真是被嚇到了，剛才那一瞬間，心跳根本就無法控制好不好，連呼吸都要停止了。

她拍拍自己的臉，狠狠地吸了一口氣，決定去好好地工作。

被人抱走了幾盆自己剛剛培育出來的新品種，很快自己這裡有稀有花草的事情就會被廣而告之了，她得準備好，到時候肯定會有不少人上門來求……

「想什麼？」

低沈的嗓音在耳邊炸開，嚇得她差點跳起來，看了一眼宮翎，無奈地說道：「你怎麼也學會了在耳邊說話，這很嚇人的好不好？」

宮翎不說話，站在這裡看著她，總覺得這個傢伙的眼中帶著幾分委屈，真是不敢置信。

「我就是在想怎麼辦而已，你要知道僧多肉少，我這裡最多也只能再拿出十幾盆墨蘭，其他的稍微多點，但也不可能很多的。」柳好好一邊說著，一邊在紙上寫寫畫畫。「你看，咱們這邊，這幾個是一定要有的，我其他的幾個店鋪，這裡、這裡的幾個人都是關係不錯的，到時候肯定是要給的。真麻煩。」

人際關係這種東西是一定要維持的，若是她以前生活的時代，就算那些人想要也不會做得太過分，可是這個時代卻是階級森嚴而權威，比如縣令如果想要的話，一百個柳好好也擋不住啊！

宮翎見她這麼憂愁，上前一步。「有我。」

柳好好深深地看了他一眼，笑了笑，心裡卻是不以為意。畢竟若是以前的宮翎，這句話倒是保證，可是現在這個傢伙只是這裡的長工呢，哪有什麼權勢可言？

「我只是隨便說說，畢竟我的生意裡，雲公子還有股分呢。想來那些人知道了也不會不給面子的。」她安慰地笑了。「好了，我就是隨便說說罷了。」

宮翎的臉色卻不是很好看。他盯著柳好好的臉，半晌才低聲問道：「妳很相信那個叫雲溪的人？」

「呃……也不是，畢竟合作的生意啊，怎麼也要出力是不是？」柳好好笑了起來。「怎麼說呢，雲溪那個人實在是太……深了，但是和我有什麼關係呢，我靠的是這裡。」說著，她點了點自己的腦袋。

宮翎沈默地看了一眼。「但是妳還是指望對方。」

「別這麼嚴肅嘛！」

總覺得宮翎的態度怪怪的，雖然一直以來他都是這個表情，可是這樣黑沈沈地盯著自己的目光太過直接，令她渾身都不自在。

「你好好幹，工錢不會少的。」說著，她還拍拍他的肩膀。「說不定很快就會存夠了錢，到時候娶個媳婦過自己的小日子，多好。」

「娶媳婦？」

「當然啦。我記得大虎當初可是花了三十兩的銀子訂親，成婚的時候帶了十兩……」柳好好算了算。「按照我給你的工錢，三、五年差不多了。」

「妳呢？」

「嗯？」

「妳要多少彩禮？」宮翎看著她，那雙眼睛雖然還是沒有情緒，卻讓柳好好感覺到了認真。

「我？」柳好好對上他的眼睛，下意識地問道。

「嗯。」宮翎點頭。「妳，多少彩禮？」

「你……什麼意思？」柳好好的眼睛本就漂亮，這麼瞪得溜圓的時候，水靈靈的，清晰地倒映著他的身影，竟然令他有種天地都在這雙眼睛裡面的錯覺。

「這個意思……」

宮翎走上去，伸出手撩起她耳邊的長髮，然後湊了上去。

直到兩個人的呼吸糾纏到一起的時候，這距離只要稍微動一動，就會碰在一起。

今天這麼短的時間就遇上兩次這樣的情況，柳好好覺得自己的心臟都快要堅持不住了。

要說雲溪是俊美，那麼宮翎就是強悍的冷峻，但五官都是讓人無法忽視的帥氣。

只不過，硬漢的臉更讓人著迷啊……

「你、你、你、你怎麼了……你……想說什麼。」

「彩禮，妳要多少？我需要存多久？」

「你……」

「是的，就是這個意思。」

宮翎深深地看了她一眼之後，在她的唇角上輕輕地印了下。男人的五官是硬朗的形象，非常具有侵略性，但意外的是他的唇卻是這麼柔軟，柔軟得讓人沈迷。

一觸即離。宮翎見到女人都已經呆滯了，滿意地勾勾唇。

相對於冷臉的他來說，這勾唇淺笑的瞬間簡直就是誘惑到了極致。柳好好只覺得心臟怦怦亂跳，似乎下一秒就會跳出胸口。

一瞬間惱羞成怒，柳好好一巴掌把他的手給拍下去。「去去去，你簡直……你過分了！」

宮翎的眼神黯了一下，但是依然堅持道：「多少？我一定可以攢夠的。」

柳好好惡狠狠地說道：「你這個傢伙，我一盆蘭花就一萬兩，你覺得自己能付得起多少啊！別在這裡作夢了好不好，我很……我身價……呸呸呸，說得我好像是明碼標價的貨物似的，走開走開！」

宮翎沈沈看了一眼之後，轉身走了。

柳好好看著他的背影，只覺得臉都快要燒起來了，無意識地伸出手，撫摸著剛才被他碰觸的唇角，一顆心竟然就這麼肆無忌憚地跳了起來。

想什麼呢！這傢伙現在失憶了，等到記起來了，就會發現他們其實是兄弟情，對的，就是兄弟情！

可是，這麼帥的兄弟喜歡自己，好像也不吃虧啊……

大概是宮翎帶來的衝擊實在是太震撼了，這幾天，柳好好整個人都是渾渾噩噩的，坐在飯桌上，手中拿著筷子，就這麼發呆，看得柳文遠都有些看不下去了。

「姐？姐？柳好好！」

「啊？」

柳好好回過神，看著飯桌上的幾個人都盯著自己，特別是雲溪的目光之中帶著幾分審視，讓她有些心虛，總覺得對方好像知道了些什麼。

「怎麼了，這兩天怎麼天天走神，到底發生了什麼事？」柳文遠有些不高興，姐姐這樣子明顯是被某些人嚇到了，至於是誰……他的視線不著痕跡地在展明和雲溪的身上走了一圈。

很好，展明一臉無辜的模樣，雲溪倒是興味十足的樣子，卻也沒有什麼特別的。他的眼神沈了沈。

「發生什麼事了，不能和我說嗎？」
「沒有啊……」
「姐，妳差點把筷子戳到鼻子裡了，還有……」
柳好好的視線落在面前的菜上，瞬間臉就紅了。因為一碟菜被自己戳得到處都是，實在是一點都不美觀。
「欸，我這是在煩惱。」
「煩惱什麼？」
「我就是在想，你姐姐我這麼有錢，誰能娶得起我呢。」
噗——展明一不小心噴出來了，誰讓他正在喝湯呢，聽到這句話實在是沒有繃住。
「抱歉，湯有些燙。」柳好好幽幽看了一眼，慢慢道：「這湯可是上好的山雞加上枸杞熬了十個多時辰呢，剛剛盛上來，小心點。」
「好、好的……」
柳文遠的臉色簡直不能用漆黑形容了，因為他已經沒有任何表情。
「柳好好，妳在幹什麼呢？怎麼突然間想到這個問題，這還有客人呢！」
「隨便說說，隨便說說。」
看到這反應，柳好好饒是臉皮再厚也有些受不住，趕緊收回心思吃起飯來。但是實在是不知道宮翎怎麼會有這個想法，一時半會兒的也沒有什麼胃口，草草吃了兩口之後便離了桌。

看她這樣，柳文遠也不想吃了，坐在那裡一言不發。

展明也覺得氣氛有些奇怪，倒是雲溪吃得慢條斯理，好像面前的一桌就是山珍海味似的，吃得停不下來。

「怎麼都不吃了？難道一句話就把你們嚇成這樣？」他輕笑一聲。「你們哪……」

柳好好看著在田裡忙活著的人，視線不由自主地飄到了那一群人當中最顯目的人身上。宮翎……這個傢伙學習的速度實在是太快了，一會兒功夫就會割稻，不僅如此，速度比其他人竟然還快一些。

看著宮翎的動作，她竟然一時半會兒無法移開雙目，就這麼直盯著對方。

這樣明顯的視線，宮翎怎麼可能不知道呢？

他站起來，回頭看著站在田邊的女人，眼神柔和了些許，然後迅速從田裡走上來。

「妳怎麼來了，今天的太陽比較厲害。」

在宮翎停下來的時候，已經吸引了一票人的心思，他們就見到原本一向冷面的參將竟然會這麼溫柔地說出關心的話來，吃驚的同時更多的是恍然大悟。

柳好好的臉瞬間紅了，瞪了他一眼，支支吾吾地說道：「我是東家，來監督不行嗎？」

「當然可以，就是別累壞了自己。」
「對啊，東家，今天的太陽可厲害呢，別曬壞了。」
「對對對，大宮會心疼的！」
「哈哈哈，我說大宮啊，咱們東家可是女中豪傑呢，你得努力點。」
又是一片揶揄調笑，讓柳好好原本就已經燒紅的臉變得更熱了。她抿抿唇，目光有些躲閃。「我……我去山上轉轉，大黑好幾天沒回家了。」說著，趕緊就跑了。
宮翎見狀，直接把鐮刀給扔到地裡就跟上去。
「大宮啊，努力點，咱們都支持你！」
宮翎看了一眼，原本熱鬧的一群人瞬間便閉上嘴巴，不敢再說話了。
不過看到宮翎就這麼追上去，大家卻是在彼此的眼中看到了笑意。
「你、你跟過來幹麼？」
「陪妳。」
宮翎雖然不知道怎麼樣才能追上柳好好，卻明白要想對方對自己有好感的話，必須時時刻刻在她的面前出現，多點時間相處，就有多點時間了解彼此。
「不需要。」
「山上危險。」
「誰說的，我來過好多次了！」

柳好好強硬地表示自己真的一點都不怕，可是宮翎就像是完全沒有聽見似的，亦步亦趨跟在後面。

她想發火趕走對方，可是見他就這樣安靜跟著，也不打擾自己，反而覺得自己矯情了，趕緊往邊上走去，想要拉開彼此的距離。

哪知道宮翎竟然追上來。「妳在躲我。為什麼？妳討厭我？」

「不……不是。」

「那妳喜歡我。」

「不……也不是。」

「那為什麼？不討厭我也不喜歡我……」宮翎直勾勾地看著她。「妳是害羞嗎？」

柳好好覺得山上的空氣都快要消失殆盡了，她真的沒有想到宮翎這個人平時要麼不說話，說起話來竟然如此咄咄逼人。

「啊，我看到了什麼？這是好好啊，好好終於有人要了嗎？」細細的嗓音帶著幾分調笑的語氣在耳邊響起來。「不會吧，這個男人好帥！對吧，好好，妳耳朵紅了欸，肯定帥！」

「對，好好以前就說了，一定要找個帥的男人。不過這就叫帥嗎？我怎麼覺得都一樣啊，不都是兩個眼睛一張嘴嗎？」另一個稍微柔和點的聲音也響起來了。

「不知道欸，你們發現有什麼不一樣的地方嗎？」

「沒有。」

「沒有，沒有。」

柳好好咬牙切齒地從齒縫中擠出兩個字。「閉嘴！」

宮翎停下腳步。「妳……這麼討厭我？」

「啊，不、不是。」

她是讓這些看笑話的小東西們閉嘴的，真的不是說他。但是她怎麼解釋呢，唉呦，她怎麼就腦袋發抽要上山呢，真是自找麻煩！

「妳讓我閉嘴。」

「不，不是的。」她只能擺手表示自己真的不是在說他。

宮翎的眼中劃過一絲得逞的算計，又往前走了兩步，逼近過來，緩緩低下頭，居高臨下的姿勢讓她的氣息又有些不穩了，心也不爭氣地開始亂蹦。

「我喜歡妳。」

「那個……我們之間是不是有什麼誤會？你怎麼可能就這麼莫名其妙地喜歡我？」柳好好認真地說道：「你看啊，你是我買回來的人，你怎麼會這麼大膽地喜歡自己的東家，不覺得……」

「妳瞧不起我這樣的人？」宮翎很受傷。「因為我身分低微，所以妳不喜歡。」

「不，我沒有。」

「妳有，妳剛才就是這個意思。」

柳好好見宮翎那張沒有表情的臉竟然浮現了委屈和痛苦，一下子梗住了，覺得怎麼解釋都是一團糟。但是她絕對不相信就這麼短短的一個月時間，這個傢伙就會喜歡上自己。

「也許……你只是感激我？」

「感激？」

「對啊，當初你可是在牙行，身受重傷，昏迷不醒，差點都被扔了好不好？我心善把你買回來，所以你感激我，一定是這樣的！」

宮翎深深地看了一眼這個女人，伸出手指輕輕地劃過她的臉頰，看著對方的臉瞬間就紅了，有些不明白地問道：「那妳為什麼臉紅呢？妳明明對我有感覺的。而且妳看……」說著，他抓著柳好好的手放在自己胸口的位置。「感覺到我的心跳了嗎？」

「啊？」

「這裡，因為看到妳跳得更快了，妳感覺到了嗎？」他深深地看著她，那雙像是把一切都要吸進去的黑眸裡清晰地映著她的臉。「而我的眼裡，也只有妳。」

嗡的一下，柳好好覺得大腦中炸開了一朵燦爛的煙花，五顏六色的，把她的所有理智都給炸沒了，剩下的只有傻乎乎地盯著對面的男人，什麼也不知道了。

「要不要往裡面走走？」宮翎也不知道是隨口說說還是看穿了她的心思，只道：「這個季節，山上有不少好東西。」

「嗯……」柳好好有些心動，但是又覺得和宮翎兩個人進去好像怪怪的。

「妳不想和我一起，是因為我做了什麼出格的事情嗎？」宮翎問道：「就算妳不同意和我在一起，難道就不能做朋友了？」

「不、不是。」

「還是怕裡面危險？」

這個她還真沒有想過，當年宮翎那麼小就能在這裡待那麼久都沒事，現在的他應該比以前更厲害了，她怎麼可能怕？

「那，走吧！」

說著，宮翎就邁開大長腿，毫不猶豫地撥開樹枝往裡面走。柳好好看了一眼之後，最終還是沒有禁受住誘惑，跟了上去。

深秋季節，山裡的顏色變多了，層層疊疊得就像是一幅油畫似的，賞心悅目。

「真漂亮。」

「嗯，漂亮。」

意外的，宮翎竟然應了。柳好好看過去，發現他竟然盯著自己的臉在看，也不知道那個漂亮到底是說景色的還是說她。她有些不好意思地把視線收回來，彆扭地道：「我說這裡好看。」

「那妳覺得我說的是什麼漂亮呢？」

啊啊啊——不行了，宮翎這個傢伙到底在哪裡學到了這樣撩人的方法，就算她覺得自己堅定不移，肯定不會被男色所迷惑，但是長期下去，誰也不知道她會不會把持不住啊！

第五十六章

柳好好面色故作冷靜，看了他一眼之後就往前面走。

哪知道因為太著急了，一腳踩在枯樹枝上，整個人就趔趄了一下，直接往前撲去。眼看著就要摔倒在地上，她卻被人抓住手臂，用力一扯，然後只覺得眼前旋轉，人便落入了一個堅實的懷抱之中。

撲面而來的男人陽剛氣息衝得她暈暈乎乎的，雙眼都沒有了焦點。

「小心。」

低沈喑啞的嗓音像是在耳邊奏響了動人心弦的曲調，撩撥著她並不冷硬的心腸。

看著懷裡呆呆傻傻的女人，那雙眼睛直勾勾地看過來，連他的五官都能清晰地從對方眼中看見，宮翎莫名覺得胸口開始滾燙起來。

他想親一親這個女人。

回想到之前碰觸這個女人柔軟唇瓣的滋味，他滾燙的胸口瞬間就湧上來一股強烈的慾望，怎麼都壓不住。

於是，心中這麼想，人也就這麼做。

柳好好從來沒有想過宮翎竟然是這樣大膽的人。當兩人的唇貼到一起的時候，那柔軟微涼的觸感，還有屬於彼此身上的氣息就這麼兇狠地闖入對方的心中。

瞪圓的眼睛裡有一些慌亂，她想要掙脫，然而男人手上的力氣卻是那麼大，一隻手摟著她的腰，一隻手按住了她的後腦勺，原本準備淺嘗輒止的他不滿足於這樣輕輕的碰觸，本能地輕而易舉挑開了她的唇，然後肆意在口腔中掠奪。

這個時候，他覺得整個人都在戰慄，讓他欲罷不能。

直到他感覺到柳好好不停地掙扎，才依依不捨地放開她。

柳好好氣得要死，雙手用力把他給推開，那雙眼睛裡因為憋氣而蓄滿的淚水就這麼滑落下來，她隨手擦了。

這個舉動讓宮翎所有的旖念都消失得無影無蹤，他的確過分了。

「抱歉，我會娶妳。」

柳好好正準備開罵的，結果被這句話給堵了回去，只覺得胸口壓著一口氣快要爆炸了似的，這種憋屈的滋味實在是不好受。

「你……」

「我不後悔。」

他知道自己做這事情有些過分了，但若是再來一次，他還是會這麼做，這個女人，他要定了。

她一抬頭，正好撞入了男人深邃幽深的眼眸，裡面滿滿的都是溫柔和寵溺，讓她像是被施了魔法似的，無法動彈。

臉有些燙，心跳也有些快。

要說柳好好來到這個世界之後最親的人是誰，自然是柳文遠和她的娘親，但是第一個朋友呢，那就是宮翎了。

第一次在山上遇到這個冷酷的小子，就知道這個傢伙長大以後絕對是一個十足吸引人的存在；如今當他站在自己面前，用這樣溫柔的目光看著自己的時候，她發現自己真的一點抵抗力都沒有。

「你……」

宮翎看著她滿臉通紅的樣子，笑了笑。冷硬的漢子突然間笑起來，殺傷力真的非常非常大，柳好好再一次看呆了。

最終，她惱羞成怒地下山，往家裡跑。

到家之後，就看到展明和雲溪坐在院子的石凳上下棋，而柳文遠站在旁邊，似乎在觀棋學習，一旁的明德和春娘在給他們斟茶倒水。

他們進門的時候，幾個人紛紛看過來，視線落在了神色有點奇特的柳好好身上。

「姐，妳去哪裡了？」

「沒事，正好遇到大宮，所以一起上山轉轉。」

柳文遠臉色一沈。「所以呢，柳好好妳就這麼和他上山了？」

一聽到弟弟直呼自己的名字，柳好好暗道不好，這小子肯定是不高興了。

「就是……隨便轉轉。」

柳文遠聽著，眼睛卻是盯著後面跟上來的宮翎。

對於柳文遠的敵視，宮翎似乎早已經習以為常了，根本不在意，渾身就像是罩了一個金鐘罩似的，將這些眼神都給擋在外面。

「以後不允許！特別是跟著他！」

柳好好想了想，在山上發生的事情，也覺得自己應該和宮翎保持一下距離，否則哪天把持不住就麻煩了。

「為什麼？」一直沒有說話的宮翎突然出聲了。「我喜歡她。」

在場的人都愣住了。

柳好好咬了咬牙，覺得身為當事人，有些不好意思，準備悄悄地離開，卻聽到自家弟弟氣急敗壞的叫聲。

「你喜歡我姐姐？你知道我姐姐是誰嗎？你見過幾次啊，你知道自己是誰嗎？你有多少錢啊！啊，你什麼都沒有，憑什麼說喜歡啊！」

顯然此時的柳文遠已經暴怒地開始胡言亂語了。

柳好好抿抿唇，呵斥了一聲。「文遠。」

柳文遠紅著眼睛盯著面前的人，然後委屈地看了柳好好一眼。「姐。」

柳好好自然是知道弟弟對自己強烈的占有欲，只怕心裡難受著呢。她伸出手摸摸柳文遠的腦袋，狠狠地瞪了宮翎一眼，拉著柳文遠就走了。

此時，幾個僕人已經跟進去了，院子裡只剩展明、雲溪和宮翎三人。

展明愣了愣，複雜地看著宮翎。「你可知道自己在說什麼？」

「自然。」

展明看了一眼，深深地搖了搖頭。雲溪依然持著棋子，好像在琢磨著下一步似的，慢悠悠地開口了。「文遠說得沒錯，你連自己是誰都不知道，有什麼資格說喜歡呢？」

宮翎沈默了，不肯說話。

雲溪落下一子，繼續道：「在什麼都沒有的情況下，就去說喜歡，其實不是真的喜歡吧。」

不得不說，雲溪的話就像是刀子一樣，狠狠地戳在宮翎的心頭，讓他疼得一抽一抽的。然而他的內心卻不允許自己因為陌生人的三兩句話就退縮。

「我喜歡她，和我的身分沒有任何關係。」

聞言，雲溪只是淡淡笑了笑，扭頭看過來，那張完美的面容上帶著譏諷的笑容。「喔，是嗎？那我倒是拭目以待。」說完，他放下手中的棋子，站起身飄然離去。

只是怎麼看，心情都不是很好的樣子。

展明複雜地看著宮翎，想要說清楚，卻又覺得這種事是說不清楚的，只能搖搖頭，似乎也是不看好的模樣。

柳好好拉著柳文遠回到房間裡，看著依然雙眼發紅的弟弟，嘆口氣。「別生氣了。」

「姐姐，我……」

真的好自私，怎麼可以這樣暴露自己這麼自私的想法呢？

「沒事，我知道的。宮翎只是說喜歡我，可是我沒有說喜歡他啊。你姐姐這麼好，被人喜歡難道不是應該的嗎？」

柳文遠低著頭。「對不起，姐姐。」

「傻小子，誰也比不上你。」柳好好笑了笑，看著他漸漸褪去稚氣的臉，笑著伸出手捏了捏他的臉。「真是小孩子，雖然中了舉人，沒想到還是這麼幼稚呢。」

「我才不是呢！」

「是啊，因為小事情就要哭鼻子，真是有出息了啊！」

被她這麼一說，柳文遠還真的有些不好意思。「我去賠禮道歉。」

「不用了。」

這時，宮翎出現在門口，定定地看著他們。

「我沒有了記憶，所以你們都在擔心，我是否出於真心，但是，時間會證明的。」

說完，他轉身就走了。

柳文遠看著他高大的背影，不高興地撇撇嘴，然後揉揉臉，恢復之前那種淡然從容的模樣，回了自己的房間。

真是的，自己怎麼可以這樣失態，簡直丟臉。

姐弟倆說完話，忙了一天的柳好好窩在廚房裡吃東西，大黑聞到了味道，竟然不要臉地帶著兩個孩子過來討食物，她突然間覺得自家就像是動物園似的。

「好吧，好吧，都有。」

雲溪緩緩地走來，看著眼前的這一幕，也笑了。

「沒想到妳倒是受這些動物的歡迎。」

「那是啊，我貌美如花，心慈手善，牠們不喜歡我喜歡誰啊？」對於自誇，只怕沒有人做得比她好了。

看著她這樣，雲溪手中的扇子直接拍下來。「小樣。」

看著她委委屈屈的模樣，雲溪突然問道：「年後妳弟弟要去欽州那邊，妳呢？」

「我？」

「嗯，是否想來京城？」雲溪輕聲問道，伸出手將她耳邊的髮絲撩到耳後，語調都溫柔下來。「妳知道，人的眼光決定未來的格局。」

不得不說，他的提議非常令人心動。柳好好不傻，自然知道對方想要幫助自己的意思。

她眨眨眼。「為什麼要幫我啊？」

「因為……」雲溪拖長了聲音，手指揉了揉她的髮，笑道：「我也賺錢啊。」

「不，我和你的生意只有花茶和園林植物這一塊，我培育出來新品種卻是我自己的。」誰也不能插手，她最無法容忍的是別人對自己的指手畫腳，特別是外行人。而且這些都是自己辛辛苦苦培育出來的，她不喜歡被人覬覦。

雲溪笑了。「當然。妳呀……」

他點了一下她的鼻子，笑得溫柔而寵溺。雲溪的五官長得本就精緻，平時懶散而隨興，看人的時候也是冷冰冰的，給人不好接近的感覺，可是突然間笑得如此和煦溫柔，五官瞬間就柔和下來，有種謫仙下凡的錯覺。

柳好好心裡哀號，一個男人長得這麼好看幹什麼，還要不要女人活下去了？

看著她呆傻的模樣，雲溪突然發現這個女人對長得好看的男人似乎沒有抵抗力。看到自己笑的時候是這樣，看到宮翎笑的時候也是這樣，呆呆傻傻的，這傢伙難不成若是遇到一個長得更英俊的就被勾跑了？這到底是什麼毛病？

雲溪見她又走神了，一雙眼睛直盯著她看。這個女人長得好，五官秀氣，眼睛大而有神，那睫毛長而密，像是小扇子似的，竟然像在他心頭上來回地刷一樣，讓他不由自主，手指又動了起來。

「好好？」柔和的嗓音竟然帶著一絲絲的微啞，聽起來如此撩人，吹進了耳中。「怎麼了？」

雲溪看了她一眼，將心底深處莫名的躁動壓下去，笑了起來，卻是把所有的情緒都掩埋好，再一次變成了之前那個看似和善卻是疏離、高高在上的雲公子。

「考慮好了就告訴我吧，作為主人家，總是要做點什麼歡迎妳的。」

雲溪淺淺地笑了笑，白色的長衫被風吹起，像極了一幅畫。

「你讓我想想。」

「好。」

柳好好沒有拒絕便是好事，雲溪覺得自己完全有機會把這個女人給拐到京城，以後見面的日子便多了。

一時間，日子也安靜下來了。

雲溪畢竟出來是有要事的，不可能在這裡待很久，所以五天之後，他們便告辭了。而那些消失的侍衛們也不知道是怎麼得到消息的，大清早的時候便出現在她家門口，惹得村裡面紛紛張望，膽小的還偷偷摸摸地繞開。

「我們走了。」

「雲公子，路上注意安全。」

說著，她把準備好的東西遞過去，都是她讓人做的吃食，是些小點心還有兩張菜譜。

「我們這邊手藝不怎麼樣，您府上的人拿到了，肯定會做得非常好。」

雲溪複雜地看著她。要知道大慶內真的沒有多少人把藥材加在食物裡，因為大家會覺得這是藥，肯定不好吃，但是住在柳家的這陣子，這個丫頭卻再次讓人吃驚了。

她把藥材加入菜餚，不僅好吃味美，還能強身健體。

「妳啊……」雲溪伸出手，用扇子輕輕地敲了敲她的腦袋。「對其他人莫要這麼好，小心被騙。要知道啊……這世上騙子多著呢！」

說著還故意往宮翎的身上看了一眼，然後笑了笑，微微彎腰，對上柳好好的眼睛。「聽見了？」

柳好好眨眨眼，然後點頭。「知道了。」

「乖。」雲溪瀟灑地跨上馬，深深地看了一眼，然後大聲道：「我在京城等妳。」

還沒有等到她有什麼反應，他甩起馬鞭，胯下的黑馬揚起蹄子就往前跑，濺起一地的灰塵。

「妳要去京城？」一直沈默不語的宮翎走上前，突然問道。

柳好好看著他，愣了一下。

宮翎的臉上還是沒有什麼表情，但是那雙黑色眼睛裡卻給人一種很焦慮的感覺，似乎只要她說去京城，情緒就會爆發出來。

「沒有，我還沒有想好。」

的確，但是宮翎知道這些都是藉口而已。

「不走。」

柳好好看著他執著的模樣也笑了。「好，不走。」

不知道為什麼，宮翎是個面癱，想要從他的臉上看到什麼變化真的很難，即使笑著也有種僵硬的感覺。很多人怕他，總覺得他過於冰冷、不好接近。

但是她偏偏能從這雙眼睛裡面看到各種情緒，比如說現在，他竟然帶著幾分竊喜。

她鬼使神差地伸出手摸了摸他的頭。

他的頭髮有些硬，和自己想的一樣——短髮的話，一定是硬硬地戳著手。

宮翎的眼中閃過一絲訝異，不明白柳好好為什麼會做出這樣的動作，但是他一點都不覺得討厭，反而因為她的親近感到高興。

柳文遠站在一邊看了一眼，抿抿唇，轉身就走了

看著小少爺離開，幾個下人自然也不敢多耽擱，迅速溜走了。

大概是動靜有些大，柳好好回過神，看著自己的動作，緩緩收回手，有些尷尬地摸摸鼻子。「抱歉。」

宮翎並沒有覺得什麼不好，竟然抓著她的手放在腦門上。「喜歡摸，給妳隨便摸。」

柳好好瞬間覺得臉上都燃燒起來了，狠狠地揉了一下他的腦袋，然後憤憤地說道：「去去去，這幾天稻子都已經收了回來，你去負責晾曬！」

宮翎瞧見她已經通紅的耳垂，嘴角露出淡淡的笑意，轉身就去幹活了。

剛收完稻子，天上就飄了小雨。

門外傳來敲門聲，柳好好讓人過去開門，就見冒著雨過來的宮翎渾身都濕漉漉的，手裡還拎著幾條魚。

柳好好看著男人身上都是水，頭髮也淋濕了，耷拉在那張英俊的臉上，心驀然一動，眼神也跟著看過去，這一瞬間有些莫名的情緒忽地滋生了。

「溪邊那裡很多魚，抓了給妳送幾條。」

宮翎就這麼淡淡說著，那雙眼睛卻是亮得很。

「快點進來吧。」

秋雨不大，卻能很快把人淋濕。這樣的天氣淋濕了可不好受，哪怕這個傢伙身體強壯也是不好。

宮翎手上的魚已經被春娘拿走了，他一個跨步走進來，拿乾帕子擦著頭髮，一雙眼睛就這麼直勾勾地盯著柳好好。「我沒事。」

「胡說！」

見她為自己操心，宮翎的嘴角是勾起的，一邊聽著她絮絮叨叨，一邊擦頭髮，心裡卻是默默溫暖著。

——未完，待續，請看文創風829《靈通小農女》3（完）

2020年2月出版

守財小妻

文創風 825～826

夫家妯娌多，八卦也多，
想要好好過上安寧日子，
秘訣就是——話不多說！

柴米油鹽醬醋茶，點滴情意在萌芽／忘憂草

胎穿人生真難！王蓉熬過了無法自主的嬰兒期，
沒過上幾年穩定日子，竟又趕上了戰亂逃荒。
經歷了生離死別，她們一家於一座小村莊落腳，
卻因外鄉人的身分被排擠，甚至處處受欺，
為了融入村子，她得與村內的劉家老四——劉鐵換親。
剔除對愛情的憧憬，純以麵包角度看，對方的條件並不好，
只比她家好一些，但……為了生活她也沒得挑。
兩人訂親後，村人待他們家的態度明顯好轉，
而那劉鐵性子看來也不錯，一回偶然在山間拾柴時碰見，
他還向她保證：「蓉妹，成親了我的錢都給妳收著！」
瞧著對方一臉信誓旦旦，她莫名對這門親事安下心。
雖然她沒太多特長，但好歹也在資訊爆炸的時代活過，
開源節流她還是懂的，加上如今還會一手女紅，
屆時夫妻一起努力，儘管世道艱難，未來總會好起來吧？

風 文創 828

靈通小農女 2

國家圖書館出版品預行編目資料

靈通小農女 / 藍一舟著. --
初版. -- 臺北市 : 狗屋, 2020.03
冊 ; 公分. --（文創風）
ISBN 978-986-509-085-2（第2冊：平裝）. --

863.57　　109000515

著作者	藍一舟
編輯	張蕙芸
校對	周貝桂
發行所	狗屋出版社有限公司
地址	台北市104中山區龍江路71巷15號1樓
電話	02-2776-5889～0
發行字號	局版台業字845號
法律顧問	蕭雄淋律師
總經銷	知遠文化事業有限公司
電話	02-2664-8800
初版	2020年03月
國際書碼	ISBN-13　978-986-509-085-2

本著作物由廣州阿里巴巴文學信息技術有限公司授權出版

定價250元

狗屋劃撥帳號：19001626

網址：love.doghouse.com.tw　E-mail：love@doghouse.com.tw